N&K

Flurin Jecker

Santa Tereza

Roman

NAGEL UND KIMCHE

SWISSLOS
Kultur Kanton Bern

1. Auflage 2025
Originalausgabe

Verlagsgruppe HarperCollins Deutschland GmbH
Valentinskamp 24 · 20354 Hamburg
info@harpercollins.de
Gesetzt aus der Centennial
von GGP Media GmbH, Pößneck
Druck und Bindung von CPI books GmbH, Leck
Printed in Germany
ISBN 978-3-312-01360-9
harpercollins.de

Druckprodukt mit finanziellem
Klimabeitrag
ClimatePartner.com/15109-2009-1001

FSC
MIX
Papier
FSC® C083411

Für Lea

Der Grasladen

Es ist lustig, wenn man denkt, wo man so landet im Leben. Wenn man mir früher gesagt hätte, ich lande mal auf dem Friedhof, hätte ich gesagt, klar. Aber dass ich da arbeiten würde, hätte ich nicht geglaubt. Jetzt bin ich aber schon mein ganzes Leben hier, wenn man die Zeit abzieht, in der ich noch zu jung zum Arbeiten war, was ja irgendwie ein Leben für sich ist, wenn man mich fragt. Weil man da zwar noch nichts darf, aber trotzdem das Gefühl hat, alles zu können, und man sich nur entscheiden muss, ob man lieber fliegen möchte oder durch Wände gehen. Wobei ich gerade gar nicht auf dem Friedhof bin, sondern an einem ganz anderen Ort.

Normalerweise bin ich aber jede Nacht hier und schaue zum Platz. Auch wenn eigentlich nie etwas passiert, bei dem ich sagen muss, zum Glück war ich da. Oder Connie, die da ist, wenn ich weg bin. Obwohl man natürlich nie wissen kann, ob das jetzt nur ist, weil wir eben da sind, oder ob mehr passieren würde, wenn es uns nicht gäbe. Wobei ich nicht glaube, dass Leute die ganze Zeit Gräber ausgraben würden, nur weil niemand kommt, der sagt, dass man das nicht darf. Trotzdem habe ich das Gefühl, dass es gut ist, dass es uns gibt. Und zwar nicht nur, weil ich meinen Job behalten möchte, sondern weil ich glaube, dass es einen Unterschied macht für die, die vorbeikommen, oder vielleicht sogar für den Friedhof selbst. Wie ein Brunnen einen Platz ja auch besser macht, auch wenn gerade niemand vorbeikommt, der halb am Verdursten ist. Aber wahrscheinlich ist das etwas, bei dem meine Lehrerin früher gesagt hätte, dass es mit meiner Lernschwäche zu tun hat. Auch wenn ich nicht finde, dass meine Gefühle unbedingt falsch sein müssen, nur weil mein Gehirn keinen Nobelpreis gewinnen würde. Auf jeden Fall ist mir wichtig zu sagen, dass ich kein Polizist bin und mir eine Kifferin viel lieber ist als einer, der nur auf den Friedhof kommt, um in Ruhe zu telefonieren.

Was lustig ist, weil es nämlich genau so anfing. Dass jemand an mein Fenster klopfte, als ich in der Box sass, in der ich immer Pause mache. Und ich erschrak, und zwar nicht, weil es verboten ist, hier zu rauchen, sondern weil nie jemand klopft. Dann stand da eine, die geradeso gut ein Junge hätte sein können. Was mir sympathisch ist, weil man mir in der Schule auch immer sagte, ich sei ein Mädchen. Und ich nie wusste, was daran so schlimm sein sollte, vor allem weil die, die das sagten, zum Teil selbst Mädchen waren. Sie hatte eine Kapuze auf, und sah aus, als hätte sie vergessen, warum sie gerade geklopft hatte. Dann fragte sie, ob ich Feuer hätte, wo ich natürlich schlecht Nein sagen konnte, mit der Zigarette in der Hand. Obwohl es vielleicht Leute gibt, die genau das gemacht hätten. Weil sie so jung aussah und sie sich genau genommen gar keine Zigarette, sondern einen Joint anzünden wollte, was ich entweder nicht merkte oder dachte, dass sie besser wusste, was gut für sie war, weil sie sich selbst ja schon ein Leben lang kannte, während ich sie erst gerade vor zehn Sekunden kennengelernt hatte. Und weil ich fand, dass es auf dem Friedhof genauso niemanden braucht, der sagt, was man darf, wie vielleicht da, wo man landet, wenn man stirbt. Darum glaubte ich auch, dass es das Gegenteil von meinem Job war, die Leute, die hierher kamen, wieder nach Hause zu schicken. Aber das war dann so ein Zeug, um es so zu sagen. Weil sie, nachdem sie eine Minute dagestanden hatte, wieder ging. Was jetzt noch nichts war, das meinem Gehirn gesagt hätte, aufpassen, bis meine Chefin anrief und sagte, ich müsse sofort zu Hause bleiben. Und ich mir selbst vorkam wie mit dreizehn. Weil sie dann fragte, ob ich mir vorstellen könne, warum. Und sie erst dann sagte, dass ich angezeigt worden sei, weil ich einem Mädchen auf dem Friedhof Gras verkauft hätte. Ich wusste immer noch nicht, was sie meinte. Aber immerhin spürte ich jetzt, dass etwas passiert war. Wie wenn man vom Blitz getroffen wird und vielleicht denkt, Pech gehabt, noch bevor es verbrannt riecht. Gleichzeitig war ich nicht überrascht, sondern dachte, dass ich schon immer gewusst hatte, dass irgendwann einmal etwas passieren würde. Wobei ich glaube, dass man bei einem Blitz auch denken könnte, typisch!, auch wenn so ein Blitz ja eigentlich das beste Beispiel für Zufall ist.

Mit der Chefin war es dann schwierig, ohne dass ich damit sagen will, dass ich es an ihrer Stelle besser gemacht hätte. Es fing damit an, dass sie sagte, dass es ihr egal sei, wenn ich zu Hause kiffen würde. Aber dass das nicht gehe während der Arbeit, schon gar nicht mit einer Jugendlichen, die in der Nacht überhaupt nicht da sein dürfte. Es dauerte lange, bis ich merkte, dass sie vom Jungen mit der Kapuze redete, warum sie wahrscheinlich schon wieder etwas dachte von wegen Lernschwäche. Aber das war noch nichts gegen die Polizei, die sagte, dass es den Verdacht gab, dass ich ihr das Gras verkauft hätte. Und dann alle dachten, dass ich seit Jahren nichts anderes tun würde, als einen Grasladen zu betreiben. Was schon darum komisch war, weil an jeder Dorfstrasse mehr Leute vorbeikommen als in der Nacht auf einem Friedhof. Die Polizei gab mir aber gar keine Chance, das zu erklären, weil auch sie sofort wissen wollte, wie lange ich schon kiffte und ob ich das immer während der Arbeitszeit tun würde. Ich sagte, dass ich noch nie etwas anderes geraucht hätte als Mary Long, weil früher nur die kifften, die mit anderen zusammen waren, und ich nie so der gewesen war, der das tat. Aber sie dachten dann nur, dass sie es sich in dem Fall sparen konnten zu fragen, seit wann ich meinen Laden betreiben würde, wenn ich nicht einmal zugab, die ganze Zeit bekifft zu sein. Ich verstand, dass sie das glaubten, weil es schwierig sein kann, die ganze Nacht nichts zu machen, wenn das Hirn eigentlich für das Gegenteil gemacht worden ist. Trotzdem war ich froh, nicht gesagt zu haben, dass mein Trick es war, mir vorzustellen, ein Brunnen zu sein, der da in Ruhe vor sich hin plätschert, weil sie dann wahrscheinlich erst recht geglaubt hätten, bei mir gäbe es das beste Zeug.

Es war dann kompliziert. Auch wenn ich das wieder eher im Gefühl hatte als im Kopf, weil ich zum Beispiel gar nicht wusste, wie das funktionierte, dass es zur Gerichtsverhandlung kam, und wie jemand wissen wollte, was ich gemacht hatte. Die Polizei gab mir eine Anwältin und sagte, dass ich nicht mehr auf den Friedhof dürfe, und ich wusste dann nicht mehr, wohin. Ich hatte mich nie an vielen Orten wohlgefühlt, und darum war es mir einst auch vorgekommen, als hätte der Friedhof auf mich gewartet. Trotzdem hatte ich immer Angst, dass ich wieder von da würde weggehen müssen. Aber natürlich dachte ich nicht, dass das wäre, weil alle glaubten, ich sei der Graskönig höchstpersönlich. Ich dachte, dass ich die ganze Zeit falsch gedacht hatte, dass die Leute gut fanden, was ich machte. Weil ja sonst jemand hätte kommen und sagen müssen, dass ein Friedhofswächter anderes zu tun hat, als Gras zu verkaufen. Wie man ja auch nicht denkt, eine Lehrerin verkaufe Gras, obwohl sie ja näher an der Kundschaft dran wäre als zum Beispiel ich. Aber darum hatte meine Lehrerin wahrscheinlich recht gehabt, wenn sie über mich lachte. Weil man zuerst noch jemanden finden muss, der jahrelang denkt, dass die Leute es gut finden, jede Nacht auf dem Friedhof herumzulatschen. Ich ging auf jeden Fall dann nicht einmal mehr aus dem Haus. Ich hatte Angst, die Leute zu sehen, die arbeiten gingen, von denen ich immer gedacht hatte, sie dächten, ich mache das Gleiche wie sie. Wobei sie ja nur froh gewesen waren, dass ich keinen Grasladen aufgemacht hatte, bis jetzt. Und auch sonst dachte ich die ganze Zeit blödes Zeug. Wie, dass meine Chefin herausfände, dass eine Kamera doch dasselbe tun konnte wie Connie und ich oder ein Schild, auf dem stand, dass der Friedhof überwacht wird. Mit dem Unterschied, dass ein Schild gratis war und man eine Kamera nicht für Feuer fragen konnte für seinen Joint.

Leider glaubten dann alle der Polizei. Wobei ich zugeben muss, dass ihre Version auch besser klang als meine, weil ich fast nichts sagen konnte, ausser dass ich eine Zigarette geraucht habe, als das Mädchen an die Scheibe geklopft habe, von der ich gedacht habe, es sei ein Junge. Trotzdem hatte ich geglaubt, dass, wenn auch nicht die Polizei, dann aber meine Chefin, und wenn auch nicht sie, dann aber sicher meine Anwältin glauben würde, was ich sagte, weil das doch ihr Job war. Aber die sagte, dass sie mir nur helfen könne, wenn ich die Wahrheit sagte. Die Einzige, die nicht sofort komisch wurde, war Connie, und zwar nicht, weil ich es ihr besser erklären konnte, sondern weil sie mich kannte. Und sie mich nicht plötzlich nicht mehr kennen wollte, nur weil alle auf einmal anfingen, Sachen zu sagen. Sie rief mich an und fragte, ob ich noch von dem Zeug von letzter Woche hätte. »Tut mir leid«, sagte sie. »Aber irgendwie würde das ja sogar noch passen.« Es war schön, dass sie mir glaubte, aber helfen konnte sie mir nicht. Sie war noch weniger die, die es schaffte, den Leuten das Richtige oder schon nur normal Hallo zu sagen. Und darum wurde ich jeden Tag wütender auf alles, weil es sonst nichts gab, was ich tun konnte. Lustigerweise wurde ich aber nie wütend auf das Mädchen. Weil sie nett gewesen war, als sie für Feuer gefragt hatte, und ich mir nicht vorstellen konnte, dass sie mich hatte verarschen wollen. Als ich herausfand, dass nicht sie, sondern ihre Eltern mich angezeigt hatten, dachte ich, dass sie vielleicht nur als Notlüge gesagt hatte, ich hätte ihr Gras verkauft, worauf dann alle ihr eigenes Zeug gedacht hätten. Und man ja nicht erwarten konnte, dass eine Dreizehnjährige alles auf sich nahm, nachdem ein halbes Gericht zusammengetrommelt worden war. Auch wenn sie dann genau das machte. Meine Anwältin rief an und sagte, das Mädchen habe zugegeben, die Geschichte erfunden zu haben. »Dann hatten Sie also doch recht, dass Sie ihr nichts verkauft haben«, sagte sie.

Meine Chefin war erleichtert, nicht siebzehn Jahre lang einen Grasverkäufer angestellt zu haben. Sie sagte, es tue ihr leid, dass sie so habe reagieren müssen, und dass ich natürlich wieder arbeiten kommen könne, wenn ich wolle. Sie sagte das, als hätte ich mir längst überlegt, noch etwas anderes zu machen im Leben. Dann erinnerte sie mich daran, dass es meine Aufgabe sei, so junge Leute das nächste Mal nach Hause zu schicken, ob sie jetzt kiffen würden oder nicht. Und dass ich das nicht nur für sie, sondern auch für mich tun sollte. Dann ging ich am Abend wieder an meinen Platz, wo alles war wie immer, ausser dass Connie einen Aschenbecher hingestellt hatte mit einer Jamaikafahne drauf. Ich sah die Bäume rundherum und dachte, dass ich immer gedacht hatte, dass ich genauso wenig von da verscheucht werden konnte wie sie. Sie hatten die letzten hundert Jahre auch überlebt, obwohl man sie zum Heizen hätte brauchen können. Und ich hatte mir immer vorgestellt, dass es Leute gewesen waren wie Connie und ich, die Stopp gesagt hatten, wenn jemand von der Streichholzfabrik vorbeigekommen war. Aber jetzt fragte ich mich, wer das tun würde, wenn es uns nicht mehr gäbe, weil es hiesse, ein Schild sei günstiger als wir. Und das ging mir dann nicht mehr aus dem Kopf, als ich durch den Friedhof ging.

Zudem hatte ich immer das Gefühl, dass mich jemand beobachtete. Nicht, dass ich wirklich glaubte, dass einer in den Bäumen hockte oder wieder eine geschickt wurde, die Joints brauchte. Ich kannte die Leute, die hierherkamen, weil sie hier anders waren als sonst, während eine Spionin ja so hätte tun müssen, als wäre alles wie immer. Es war eher, dass ich schaute, ob nicht wieder jemand Sachen machte. Oder ob das Mädchen wiederkam, weil sie vielleicht gleich nicht so nett war, wie ich gedacht hatte. Es war komisch, dass ich anfing, so zu denken, als wohnte der Pechvogel höchstpersönlich in mir. Während meine Lehrerin früher immer gesagt hatte, wenn man mit Optimismus Geld verdienen würde, wäre ich Millionär. Und ich mich sogar gefreut hatte, beim Sporttag mehr Punkte gemacht zu haben als der, der beim Weitsprung im Spital gelandet war.

Aber jetzt hätte ich geradeso gut eine Polizeiuniform tragen können, weil ich den Leuten nachging und schaute, ob sie nicht dreizehn waren oder kifften, bis ich sie wieder aus dem Tor gescheucht hatte.

Bis sie dann tatsächlich wiederkam. Also nicht irgendein Spion, nicht irgendeine, die Feuer wollte, sondern das Mädchen mit dem Gras. Weshalb mein Herz dann auch überall hätte sein wollen, nur nicht in mir drin. Auch wenn sie da schon auf halbem Weg zum Ausgang war und ich nur noch ihre Kapuze sah. Ich stand da wie ein Reh, bis sie aus dem Tor ging, ohne sich noch einmal umzudrehen. Dann wäre ich am liebsten davongesprungen, wenn meine Beine nicht so angefangen hätten zu schwabbeln. Und meine Füsse nicht so weich geworden wären. Und ich mich nicht überhaupt gefühlt hätte wie an meinem neunundneunzigsten Geburtstag, an dem jetzt schon klar war, dass ich es bis hundert nicht mehr schaffen würde. Ich schaffte es dann aber, einen Schritt zu machen, weil ich dachte, dass es helfen könnte, eine Zigarette zu rauchen. Und weil bei der Box etwas lag, das im schlimmsten Fall Gras hätte sein können. Ich sah dann aber schnell, dass es nett gemeint war, weil eine schöne Masche dranklebte, mit kleinen Kringeln dran. In dem Päckchen war eine CD mit einem brennenden Mann drauf, der einem anderen die Hand gab, was mir irgendwie bekannt vorkam. Auf der Hülle klebte ein Zettel, auf dem etwas stand, für das ich mit dem Feuerzeug Licht machen musste. Nur ein Wort stand da, »sorry«, in grossen Buchstaben, und klein darunter »Teresa«.

Eine gar nicht so dumme Frage

Wenn man mich heute fragt, kann ich jedes Lied auswendig von dieser *Pink-Floyd*-CD. Ausser den Solos natürlich, die ich jetzt nicht perfekt vorsingen könnte, wobei man vielleicht staunen würde, wie gut ich sie doch kann. Darum fragte ich mich irgendwann auch, ob ich vielleicht gar nicht so schlecht in Musik wäre wie in der Schule. Und ob das auch in anderen Fächern so war. Dass ich ein Deutschgenie wäre, wenn es keine Regeln zum Schreiben gäbe, zum Beispiel. Gerade umgekehrt als beim Spinat, wo man ja irgendwann herausfand, dass man sich Popeye hätte sparen können. Und sich die Kinder heute Spinat zum Geburtstag wünschen würden, wenn man von Anfang an gesagt hätte, das sei das Schlimmste. Trotzdem war es schwieriger, *Pink Floyd* zu hören, als gedacht. Weil in meiner Anlage eine CD klemmte, die etwa gleich lang darin gewesen war wie ich auf dem Friedhof. Und ich, statt ins Bett zu gehen, noch einmal rausmusste, um ein neues Gerät zu kaufen. Und die Verkäuferin mir dann alle Anlagen zeigte, die man zu Hause aufstellen konnte und die ich nicht einmal selbst hätte heimtragen müssen, wenn ich sofort bezahlt hätte. Was dann machte, dass ich immer weniger wusste, was ich wollte. Und ich fast wieder nach Hause gegangen wäre, wenn ich nicht noch das Radio gesehen hätte, das aussah, als würde es schon sein Leben lang darauf warten, *Pink Floyd* zu spielen. Ich sagte, dass ich das da nehmen würde, und die Verkäuferin wusste dann nicht, ob sie sich nerven oder froh sein sollte, mich nicht noch länger beraten zu müssen.

Zu Hause hatte ich dann so Freude an diesem Radio, dass ich eine Sekunde lang keine Luft bekam, weil ich so glucksen musste. Ich hatte das Gefühl, dass mir Teresa nicht nur die CD, sondern eine ganze Musikanlage geschenkt hatte, auch wenn sie ihr Geld natürlich für anderes ausgeben wollte, wenn sicher auch nicht nur für Gras. Lustigerweise hielt mich aber etwas davon ab, sie einzustecken. Weil es nicht gerade wenig war, von jemandem eine CD geschenkt zu bekommen, die ich nicht kannte. Weil Musik von den Ohren ja direkt in den Bauch ging und ein Lied bei mir mehr machen konnte als zum Beispiel hundert Seiten Zeitung. Und da dachte ich noch lange nicht an zwölf oder noch mehr Minuten *Pink Floyd*. Vor allem fand ich, dass es schade wäre, sie hier in der Stube am Boden zu hören. Ich hatte das Radio ja schon im Laden gesehen, wie es auf dem Sims in der Box stehen würde. Und ich glaubte, dass Teresa mir die CD gegeben hatte, um sie auf dem Friedhof zu hören, auch wenn mir bis da alle sympathisch gewesen waren, die sagten, dass man das nicht sollte. Ich war es sogar selbst gewesen, der zu den Leuten ging, die das machten, wenn es doch einmal etwas zu tun gab. Aber so ist es eben mit dem Gefühl. Dass Teresa mir nur ein Wort aufschreiben konnte und ich trotzdem glaubte, genau zu wissen, was sie wollte. Vor allem musste ich daran denken, wie es wäre, wenn ich ohne Radio auf den Friedhof ginge. Und da noch einmal siebzehn Jahre lang meine Runden drehte. Bis jemand auf die Idee käme, dass ich Führungen machen würde für Satanisten oder so.

Auf dem Friedhof sass ich dann ein paar Zigaretten lang vor dem Radio und dachte, dass es etwas Anderes gewesen war, mir zu Hause vorzustellen, hier die CD zu hören, als jetzt wirklich aufzudrehen. Aber trotzdem hatte ich das Gefühl, dass ich das tun musste. Auch wenn ich dann noch mal auf eine Runde ging, bei der man sich fragen kann, ob das nur eine Lernschwäche oder etwas Schlimmeres war, dass ich es nie schaffte, das zu tun, was gut wäre. Ich dachte, dass etwas anders werden würde, wenn ich jetzt Play drückte, und ich hätte gerne gewusst, was. Gleichzeitig fragte ich mich, ob die Leute dann nicht recht bekämen, die sich fragten, warum ich da war, wenn ich jetzt auch noch anfing, Nachtkonzerte zu veranstalten. Darum wurde ich kurz doch wütend auf Teresa, weil sie ja nichts vom Friedhof wusste und mir den einzigen Ort kaputt machte, an dem ich gerne war. Wobei ich dann noch wütender wurde auf mich selbst, weil eine Lehrerin ja auch nicht ein Radio aufstellt, nur weil ein Schüler ihr eine CD geschenkt hat. Und so hirnte ich mich durch die Runde, bis ich zurück bei der Box war und endlich auf Start drücken konnte. Worauf der Übergang dann lustig war. Weil ich zuerst dachte, jetzt ist auch noch das Ding kaputt. Und lauter und lauter stellte, bis eine Trompete kam, bei der es mich nicht erstaunt hätte, wenn ein paar aus den Gräbern aufgestanden wären. In meinem Kopf wurde es dann aber sofort besser. Ich dachte die ganze Zeit, das kenne ich doch, obwohl ich nicht wusste, von wo. Es gab keine Pause zwischen den Liedern, bis es doch eine gab, in der ich erschrak, weil ich schon so lange dagesessen hatte, ohne zu rauchen. Dann kam das Liebeslied, das ich kannte und das alle nervt, weil alle es auf der Gitarre spielen, die sonst nichts können, von dem ich inzwischen aber sagen würde, dass es das schönste Lied der Welt sei. Da fand ich es aber nur darum gut, weil es das erste war, bei dem ich nicht lieber zu Hause gewesen wäre als in der Nacht auf dem Friedhof. Teresa sagte mir später, dass es gar nicht um Liebe ging, sondern um Freundschaft, wo man sich fragen kann, wo da genau der Unterschied ist. Und dass sie das für den geschrieben hätten, der die Band gegründet und sich für immer hinter den Mond verabschiedet habe, bevor sie überhaupt berühmt wurden. Wo sie sich dann doppelt wünschten, er wäre noch da. Was lustig ist, weil ich auch das Gefühl bekam, jemanden zu vermissen, auch wenn ich nicht genau wusste, wen.

Die CD hörte ich dann aber in jeder Pause. Wenn man dem überhaupt noch Pause sagen konnte, weil das halt den grössten Teil der Arbeit ausmachte. Auch wenn ich inzwischen sagen würde, dass das nötig war. Wie eine Chirurgin ja auch Weiterbildungen macht, weil sie sonst plötzlich mit der Schere auftaucht, während die anderen schon längst mit Robotern dastehen. Und man da ja auch nicht denkt, Zeitverschwendung, sondern ihr den Flug bezahlt und das Hotel mit goldenem Bad und einem Morgenbuffet, für das sie zwei Wochen hätte fasten müssen, um alles probieren zu können. Wobei man sich natürlich fragen kann, warum ich eine Weiterbildung brauchte. Und was *Pink Floyd* mir dabei half, die ja nicht gerade Fans von Schulen waren. Aber in letzter Zeit war es mir eben nicht mehr vorgekommen, als würde ich mein Zeug gut machen. Und ich glaubte zwar nicht, dass der Friedhof Freude hatte, dass ich jetzt auch noch mit einem Radio gekommen war. Aber immerhin hatte ich keine Angst mehr, dass Teresa plötzlich von einem Baum springen würde.

Bis sie dann tatsächlich vor dem Fenster stand wie ein Zombie. Ich machte das Radio leiser, schob das Fenster auf und sagte Hallo. Und weil sie dann immer noch nichts sagte, sagte ich: »Super CD!« Was ich sofort bereute, weil ich das Gegenteil von dem gemeint hatte, als wie es klang. Weil mir das erste Lied immer noch Angst machte, während ich vom Freundschaftslied hätte heulen können, und man darum vieles sagen konnte, ausser dass es besonders super war. Wahrscheinlich bereute sie darum auch schon, mir ihre CD gegeben zu haben. Ich lehnte mich zum Radio und drehte auf, dass sie hören konnte, dass ich es ernst meinte. »Das Radio habe ich extra gekauft«, sagte ich. Ich zeigte es ihr, dass der Stecker fast rausgeflogen wäre, und sagte: »Siehst du?« – »Klar«, sagte sie. »Ohne Anlage kann man keine CDs hören. Das ist der Unterschied zu Spotify.« Ich sagte, dass ich mir das so noch nie überlegt hätte. »Übrigens möchte ich sie dann wieder zurück«, sagte sie. »Also nicht jetzt. Im Moment höre ich sowieso nur die anderen.« Und auch wenn ich nicht sicher war, was sie damit meinte, freute es mich, dass sie jetzt mehr als zwei Wörter gesagt hatte. »Atom Heart Mother Suite«, sagte sie dann. Aber ausser, dass das jetzt vier gewesen waren, half mir das nichts. »Die höre ich im Moment am meisten«, sagte sie. Sie habe etwa zwanzig CDs von *Pink Floyd*. Und ich dachte, dass ich ja noch gedacht hatte, dass es mehrere geben musste, weil eine Band mit nur einer CD wahrscheinlich nicht fünfzig Jahre berühmt geblieben wäre. Wobei es ja auch nur ein Buch über Jesus gab. »Die will ich dir nicht geben«, sagte sie und meinte die mit den vier Wörtern. »Macht nichts«, sagte ich. »Die anderen kannst du haben. Die habe ich schon hundertmal mit meinem Vater gehört.« Und natürlich freute mich das. Gleichzeitig brachte mich ihr Vater nicht gerade zum Jubeln. Sie sagte dann aber, dass das nicht der sei, der mich angezeigt habe. »Das war ein anderer.« Und fast hätte ich gefragt, wie viele Väter sie denn habe, weil ich höchstens einen Viertel gehabt hatte. Aber weil ich nicht noch einmal über alles reden wollte, sagte ich nichts mehr, auch wenn das vielleicht das Gegenteil von dem war, was man tun würde, wenn man Psychologie studiert hätte. »Das war Markus«, sagte sie. »Der dich angezeigt hat.« – »Was für ein Markus?«, fragte ich. Sie zuckte mit den Schultern. Ich dachte, dass sie doch wissen musste, wer das war, aber vielleicht ging es ihr gleich wie mir und sie hatte nur das falsche Wort gebraucht und wollte einfach nicht darüber reden. »Das Radio habe ich extra gekauft«, sagte ich noch einmal. »Ja«, sagte sie. »Hast du schon gesagt.« Dann zündete ich eine Zigarette an und war so erleichtert, dass wir es bis hierhin geschafft hatten, dass ich ihr auch noch fast eine angeboten hätte.

»Ich fand das mutig, dass du dich entschuldigt hast«, sagte ich. Aber sie sagte, dass das nicht ihre Idee gewesen sei. »Ich hätte mich auf jeden Fall nicht getraut.« Dann hätte ich fast noch gesagt, in deinem Alter, aber ich wusste ja nicht einmal, ob ich das jetzt tun würde. Oder mit sechzig. »Und dass du auf die Idee mit der CD gekommen bist. Falls das überhaupt deine Idee war.« – »Pffft«, sagte sie. Und weil ich wieder an Markus denken musste, fragte ich: »Wissen deine Eltern eigentlich, dass du hier bist?« Dann hatte ich Angst, dass sie nicht mehr mit mir würde reden wollen, wenn ich solche Sachen fragte. »Mein Vater weiss es«, sagte sie. »Hat er dir gesagt, dass du dich entschuldigen sollst?« – »Ich glaube nicht.« – »Aber für ihn ist es gut, dass du da bist?« – »Er ist auch da.« Und kurz hatte ich wieder den Spion im Kopf. »Da vorne«, sagte sie und stand auf den Zehenspitzen. Er sei schon seit zwei Jahren tot. Und auch wenn ich froh war, dass er nicht hinter der Box auf mich gewartet hatte, sagte ich, dass es mir leidtue. »Man gewöhnt sich daran«, sagte sie, was ich ehrlich gesagt eine recht gute Antwort fand. »Das ist wegen der Psychologie. Dass man sich daran gewöhnt, obwohl es schlimm ist.« – »Aber du kommst ihn immer noch besuchen.« – »Es geht«, sagte sie. »Früher bin ich öfter gekommen.«

Dann war die CD fertig. Ich lehnte mich hinüber und drückte noch einmal auf Start. »Und sonst gehst du zur Schule.« – »Logisch.« Und weil ich dachte, dass sie wohl keine Freude daran hatte, zur Schule zu müssen, sagte ich: »Das ist übrigens nicht so wichtig, wie alle immer sagen.« – »Natürlich ist es wichtig«, sagte sie. »Stimmt«, sagte ich. »Vielleicht ist es nur nicht so wichtig, gut zu sein.« – »Ich bin gut. Bist du darum da? Weil du wiederholen musstest?« Und fast hätte ich gesagt, dass das nichts damit zu tun habe. Aber das konnten ja alle sagen. »Dann war es gut, dass ich gesagt habe, dass du das nicht warst mit dem Gras?«, fragte sie. »Ja«, sagte ich. »Das war gut.« – »Ich dachte nämlich schon«, sagte sie, »dass das nicht gut war.« Dann fragte ich mich, wie gut sie wirklich in der Schule sein konnte, wenn sie immer nur zwei Wörter auf einmal sagte. Aber vielleicht war es normal, dass man heute erst mit zwanzig reden lernte, während man früher schon in der Spielgruppe sagte, haltet die Klappe. Weil es da halt noch keine Handys gab. Wobei es auch sein konnte, dass es für Teresa reichte, zwei Wörter zu sagen, während ich dafür ein halbes Buch schreiben musste. »Sorry«, sagte sie. »Aber scheisst es nicht an, hier zu sein? Also mich würde das nach zehn Minuten anscheissen. Oder nach fünf.«

Und fast hätte ich wieder gesagt, dass sie noch zu jung sei, um das zu verstehen. Aber ich glaubte nicht, dass man mich besser verstand, nur weil man alt war. Vor allem war das keine dumme Frage, wenn ich mir überlegte, wie das hier gewesen war in letzter Zeit. Und weil ich mit ihr jetzt schon mehr geredet hatte als in siebzehn Jahren mit allen Leuten zusammen. Das war vielleicht auch der Grund, warum ich nicht schon lange die Chefin anrief oder die Polizei, wo ich ja schlecht hätte sagen können, dass ich schon wieder nicht wusste, wer sie war. Wobei die CD irgendwie machte, dass ich nicht daran dachte, am Arbeiten zu sein, auch wenn mir das wenig gebracht hätte vor Gericht. Sie stand aber sowieso nicht die ganze Nacht da, sondern wollte dann wieder gehen. »Teresa ...«, sagte ich. »Leider«, sagte sie. Und ich sagte, dass mich der Name an Ferien erinnere. »Schön für dich. Ich hasse ihn trotzdem.« – »Ich heisse Luchs«, sagte ich, was ich schon lange nicht mehr gemacht hatte. »Wie das Tier?« Und fast hätte ich Ja gesagt, aber ich sagte Nein. »Ich hiess nur in der Schule so.« – »Und jetzt?« – »Nicht mehr.« – »Warum hast du es dann gesagt?« – »Am besten vergisst du einfach wieder, was ich gesagt habe. Das ist ein Trick, den mir meine Lehrerin verraten hat, wie man mit mir umgehen soll.« – »Was für ein Trick?« – »Weil man sonst in die Klinik muss, wenn man das nicht macht.« – »Sorry, wenn ich das sage, aber wenn du wiederholen musstest, darf sie das nicht sagen. Weil du ja nichts dafür kannst und die anderen es besser machen, und reflektieren können und so.« Ich sagte, dass ich mir auch das noch nie überlegt hätte. »Logisch nicht«, sagte sie. »Das hätte sich ja auch die Lehrerin überlegen müssen. Weil sie extra Weiterbildungen dafür machen muss.« Ich sagte, das sei nett, dass sie das sage, auch wenn ich nicht glaubte, dass es gut war, dass alle, nur weil sie wiederholt hatten, nichts überlegen mussten. Aber bevor ich etwas sagen konnte, machte sie, was meine Lehrerin gesagt hatte, und sagte, sie müsse jetzt glaub wirklich nach Hause.

Für immer hundert Jahre alt

Sie kam mich dann schnell wieder besuchen, und immer wieder, und wenn sie kam, brachte sie eine CD mit, die mit dem Mond oder den Kühen oder Live-Versionen, wo sich die Sänger längst hassten, weil sie sich nicht entscheiden konnten, wer Bandchef war. Wir hörten sie uns immer zusammen an, nachdem ich sie alleine gehört hatte. Auch wenn wir dann meist gar nichts sagten, weil wir fanden, dass man zu Musik nichts sagen muss, schon gar nicht zu *Pink Floyd*. Sonst redete Teresa aber nicht mehr so wenig wie am Anfang, sondern so viel, dass ich mich manchmal fragte, woher sie das alles wusste. Oder sie erzählte mir Sachen über ihren Vater, und wir gingen zu seinem Grab, wo sie eine Kerze für ihn anzündete. Sie sagte, dass er ihr nicht nur die Anlage, sondern auch die CDs vererbt habe, und überhaupt das mit der Musik. Weil es ja noch lange nicht hiess, dass man Musikfan wurde, nur weil man CDs geerbt hatte. Sie sagte, dass er Musiker gewesen war und Gitarre gespielt hatte, auch wenn er nicht berühmt geworden war, sondern nur einen Musikladen aufgemacht hatte. Ohne jetzt zu sagen, dass das wenig wäre. Vor allem, weil ich dann merkte, dass ich den Laden kannte, obwohl ich noch nie ein Instrument gespielt hatte in meinem Leben. Am liebsten sagte sie aber, dass er noch besser darin gewesen sei, Witze zu machen. Und auch wenn ich nicht der war, der fand, dass alle in allem die Besten sein mussten, fand ich es schön, was sie über ihn sagte.

Natürlich spielte sie selbst auch ein Instrument. Oder genau genommen sogar zwei. Weil sie Saxofon gespielt hatte, weil sie nicht hatte Gitarre spielen wollen, dann aber anfing, als ihr Vater gestorben war, und es fast von alleine ging, weil sie ihm immer zugeschaut hatte. Eine nahm sie sogar mal auf den Friedhof mit, um sie mir zu zeigen. Wobei ich fast nicht glauben konnte, wie gut sie war. Vor allem, weil sie dann sagte, dass sie auf der elektrischen noch besser sei, sie aber kein halbes Konzert einrichten konnte und nach einer Minute wieder aufhörte, weil sie einen Fehler gemacht hatte und es ihr peinlich war. Manchmal redeten wir auch über Sachen, die ich gemacht hatte in ihrem Alter. Was ja so lange auch wieder nicht her war, auch wenn sie das nicht glaubte. Ich sagte, dass ich Comics geschrieben hätte und dass das mein grösstes Hobby gewesen sei. Und wenn sie fragte, warum ich aufgehört hätte, wusste ich nicht, was ich sagen sollte.

Ich war mir nie sicher, ob sie eigentlich kam, um ihren Vater zu besuchen, oder weil sie immer noch ein schlechtes Gewissen hatte wegen dem Gras. Aber sie sagte immer, dass es ihr leidtat, wenn sie eine Woche nicht gekommen war, weil sie es streng gehabt hatte oder im Tessin gewesen war mit ihrer Mutter. Ich sagte dann immer, dass ich gerne alleine sei, auch wenn ich mich natürlich freute, wenn sie kam. Weil sie immer etwas Neues zu erzählen hatte. Dass in der Schule zum Beispiel alle fanden, dass sie einen Freund haben müsste. Sie aber keinen wollte, worauf alle meinten, sie sei lesbisch, was sie aber genauso wenig wollte wie einen Freund. Wobei sie dann trotzdem fragte, ob ich eine Frau hätte oder so und ob das schon immer so gewesen sei. Dann gab sie dem Friedhof die Schuld, obwohl man ja nicht weniger schuld sein kann als der und ich ihr sagte, dass ich froh war, da zu sein, viel froher als mit einer Freundin. Trotzdem kam sie immer wieder mit Fragen, bis ich fast gesagt hätte, es nervt. Ob ich nicht mal am Tag wach sein wolle, statt die ganze Zeit zu schlafen. Oder ob wir uns mal treffen könnten, wenn die Sonne scheine. Weil sie auf Netflix gesehen habe, dass es eine Krankheit gebe, bei der sich das Hirn einen Freund ausdenke. Weil jemand gestorben sei. Wobei sie dann merkte, dass ich echt sein musste, weil kein Hirngespinst so stur sein konnte wie ich. Aber ich hatte nie viel mit Leuten gemacht und wusste darum gar nicht richtig, wie das ging. Aber dann fragte sie, ob ich nicht den Laden sehen wolle, in dem es so viele Instrumente gebe, dass sich selbst ihr Vater manchmal gefragt habe, woher die alle kämen. Und da vergass ich, dass das ein Trick war und sie nur schauen wollte, ob ich in der Sonne verdampfte wie ein Zombie.

Ich musste sie dann um drei abholen, obwohl ich normal bis um fünf schlief, was ich ihr wahrscheinlich hätte sagen sollen, anstatt einfach zu sagen, gut. Vom Schulhaus nahmen wir den Bus in die Stadt und gingen von da zu Fuss zum Laden. Und da läutete ein Glöckchen oder genauer gesagt sogar zwei. Weil an der Tür ein Schild war, auf dem stand, dass man sie schliessen solle, weil sie nicht von alleine schloss, weil sie unter Denkmalschutz stand. Und da merkte ich, dass ich schon mal da gewesen war, als wir in der Schule ein Konzert eingeübt hatten. Ich war in der Band eingeteilt worden, weil die Leiterin gefunden hatte, dass ich den Chor durcheinanderbrachte, worauf es sogar für den komplett ausgebildeten Lehrer schwierig wurde, mich zu brauchen, weil ich kein Instrument spielte. Er gab mir eine Ratsche, die an einem Hammer befestigt war, die aber nicht passte zu *Forever Young*. Dann schlug er mir vor, in den Musikladen zu gehen und zu schauen, ob es da nicht etwas für mich gäbe. Wobei ich immer noch nicht weiss, ob er das machte, dass er endlich anfangen konnte, oder ob er wirklich glaubte, dass ich etwas finden könnte. Ich weiss noch, wie ich unterwegs dachte, dass ich gar nicht da sein dürfte, weil ja alle in der Schule waren, ausser mir. Und wie ich immer wieder zu mir sagte, nach der Brücke rechts und wieder rechts, wie er es mir gesagt hatte, die Strasse dann aber doch irgendwie krumm war und ich in eine Gasse kam, in die ich nicht hätte gehen sollen, bis ich in einem Hof vor einem Container stand und dachte, da ist es nicht. Ich ging die Parallelstrasse zurück, die dann gar nicht parallel, sondern rund war, weshalb ich am Schluss alles gesehen hatte, nur nicht den Laden. Zum Glück rettete mich dann aber eine Frau und brachte mich bis vor die Tür, wo eben stand, dass man sie schliessen solle, weil sie unter Denkmalschutz stehe. Und da klingelte das Glöckchen, und es roch genau wie jetzt mit Teresa. Und gleich beim Eingang fand ich eine Holzklapper, von der ich dachte, die sei gut. Der Lehrer war überrascht, dass ich zwei Stunden gebraucht hatte für zehn Minuten zu Fuss. Dafür stand ich jetzt da mit einem Instrument, von dem er zugeben musste, dass es nicht nur gut zu mir passte, sondern auch gut klang zu *Forever Young*.

Umso lustiger war es, dass da jetzt genau so eine Klapper in einem Korb lag und ich immer noch fand, dass sie aussah wie für mich gemacht. Ich sagte, dass ich doch einmal da gewesen sei: »Genau so eine habe ich damals gekauft.« Dann schlug ich damit zweimal in die Hand, dass sich der halbe Laden umdrehte und ich zu flüstern anfing und Teresa von diesem Konzert erzählte, was sie so aufregte, dass sie extralaut sagte: »Was?! Was?! Was sagst du?!« Ich sagte, dass es genauso ausgesehen habe wie heute, auch wenn ich das alles vergessen hätte. »Vielleicht geht es doch irgendwie lange, bis man alt ist.« – »Warum sagst du das immer? Dass du alt bist?« Sie fuhr mit dem Finger auf meinem Kopf herum und sagte: »Du hast ja noch nicht einmal graue Haare. Ausser da ein paar.« Und streng genommen war ich mit vierunddreissig ja höchstens halb alt, wo sich die meisten mit neunzig noch ein paar gute letzte Jahre wünschen. Aber irgendwie kam ich mir eben schon lange nicht mehr jung vor. Weil es lange her war, dass ich dachte, noch alles vor mir zu haben. Und ich mich fragte, was passieren würde, wenn ich Krebs bekäme oder vom Balkon fiele. Was ich immer schlimm gefunden hätte. Und natürlich hätte ich mir auch jetzt nicht gewünscht, dass der Stock mit den Schlagzeugen auf uns einstürzen würde, auch wenn Teresa nicht dabei gewesen wäre. Ich war zufrieden mit dem, was ich machte, auch wenn die Chance klein war, dass aus mir einmal eine Brunnenfigur gemacht würde. Aber ich hatte keine Angst mehr, krank zu werden, auch wenn sich meine Lehrerin genervt hätte, wenn ich so etwas sagte. Während ich mit fünfzehn sicher nichts dagegen gehabt hätte, wenn sich der Chor heute noch streiten würde, wer den Luchs mit der Klapper spielen darf. Weil das Konzert halt wirklich ein Erfolg gewesen war und mir am Ende alle gesagt hatten, dass sie überrascht gewesen seien, wie viel ich ausgemacht hätte.

Teresa fand dann trotzdem, dass es sich lohnen würde, mich einmal durch den ganzen Laden zu führen. Was jetzt klingt, als hätte ich aufpassen müssen, wach zu bleiben, weil der Laden drei Stockwerke hat und einen Keller und einen Nebenraum mit Saxofonen, und vier Uhr am Nachmittag für mich war wie für andere halb in der Nacht. Aber ich konnte mir nichts Besseres vorstellen, als von der Tochter des Besitzers höchstpersönlich Sachen gezeigt zu bekommen, von denen ich zur Hälfte nicht einmal wusste, wo man da genau reinblasen musste. Es kam mir vor, als gehörten wir zum Personal, weil Teresa mit allen Witze machte und überall hindurfte, ohne zu fragen. Sie zeigte mir Computergeräte, auf denen man Schlagzeug spielen konnte oder Bass. Und da stand einer mit Rossschwanz, über den sie sagte, er habe sich ins Militär gehackt. Er lachte, als ob das ein Witz gewesen wäre, aber Teresa sagte: »Kein Witz. Er machte das, dass er nicht hingehen musste. Die wissen darum immer noch nicht, dass es ihn überhaupt gibt.« – »Schön wär's!«, sagte er, von dem ich mir lustigerweise schon gedacht hatte, dass er Walliserdeutsch sprach, als er nur gelacht hatte. Vielleicht stellte ich mir auch darum vor, wie er ein Dorffest abgewartet hatte, bei dem er beim Schulwart an den Computer konnte, der auch noch Militärchef war. Ohne damit zu sagen, dass das wenig wäre. Weil solche Sachen am Ende ja die wichtigsten sind. Und er sonst vielleicht heute noch Leute anschreien müsste, die Hosen richtig herum anzuziehen, während er jetzt eine Taste drücken konnte, dass es tönte, als würde *Star Wars* höchstpersönlich im Laden landen. Dann zeigte mir Teresa die Handorgeln und Klaviere und einen Flügel, bei dem sie die Augen verdrehte, und sagte, nur langweilige Menschen spielten Klavier. »Ohne alle in den gleichen Topf schmeissen zu wollen. Es gibt sicher auch die, die das machen, weil es ihnen Spass macht. Aber die allerallermeisten sind langweilig.« Sie zeigte mit dem Daumen zu einer Frau, die hinter einer Glaswand telefonierte. »Die zum Beispiel.« Dann zog sie mich zu einer Tür, die man ebenfalls schliessen musste, weil sie unter Denkmalschutz stand, und zeigte mir alle Saxofone, die es gab. Auf einem kleinen spielte sie, als wäre sie die geborene Jazzkönigin. Dann tat sie, als müsste sie kotzen. »Wenn, dann spiele ich nur noch auf diesem hier«, sagte sie. Sie ging zu einem, das bis zur Decke reichte, von wo eine Pfeife runterführte, wo sie reinblies, dass es tönte, als würde die *Titanic* es nicht mehr schaffen, am Laden vorbeizufahren.

Oben zeigte sie mir die Schlagzeuge, auf die sie alle hämmerte, bis eine Spezialistin kam, die selbst so leise darauf spielte, dass es nur noch zischte und dann doch zu rauschen anfing, als ob man im Winter am Bahnhof stehen würde. Und ohne etwas gegen Teresa sagen zu wollen, musste ich sagen, dass die Frau recht gehabt hatte, dass man nicht so laut schlagen musste. »Endlich einmal jemand, der auf meiner Seite steht«, sagte sie. »Wegen ihr hätte ich fast den Job verloren.« – »Dann hättest du nicht solche Spiele erfinden müssen«, sagte Teresa. »Wir haben gespielt, wer lauter schlagen kann«, sagte die Frau. Dann sei eine Kundin gekommen mit ihrem Sohn. »Das haben wir aber nicht gemerkt.« – »Ich schon«, sagte Teresa. Dann umarmte die Frau sie: »Was für eine Frisur du hast! Sieht gut aus, so kurz.« Und als wir weitergingen, sagte Teresa, dass das die Freundin ihres Vaters gewesen sei. Und fast hätte ich gefragt, was ihre Mutter dazu gesagt habe. Aber das ging mich ja nichts an. »Die habe ich am liebsten«, sagte sie. »Auch wenn ich das nicht immer zugeben will.«

Als Letztes gingen wir ins Gitarrenzimmer, auf das ich mich am meisten gefreut hatte. Da waren mehrere Reihen elektrische aufgestellt, von denen sie mir die Unterschiede zeigte und so laut aufdrehte, dass ich dachte, die Freundin ihres Vaters stehe gleich wieder da. Wobei das auch ihre Chance hätte sein können, die Geschichte wiedergutzumachen, wenn jemand gedacht hätte, wenn die so laut sind, könne man ja auch gleich Schlagzeug spielen. Sie zeigte mir die normalen aus Holz und erklärte, dass es die mit Stahlsaiten gab, bei denen einem die Finger fast abstarben, und die halb aus Plastik. Das waren solche, die die spanischen Kolleginnen meiner Mutter früher gehabt hatten, mit denen sie im Spital arbeitete. Wir waren immer an ihren Festen gewesen, wo sie auf den Gitarren herumtrommelten und so laut sangen, dass ihre Adern auf dem Hals rausstanden. Meine Mutter und ich klatschten im Takt, was vielleicht auch der Grund war, warum ich dann das mit der Klapper so gut konnte. Und von da kannte ich die mit dem aufgemalten Kranz in der Mitte. Teresa nahm dann aber eine elektrische von der Wand und sagte, ich solle mal die probieren, und fing an zu lachen, bevor ich überhaupt die Schulter unter dem Gurt durchgefädelt hatte. »Stopp!«, sagte sie. »Nimm die.« Sie gab mir eine gezackte wie aus einem Rockvideo und lachte noch lauter. »Perfekt!«, sagte sie. »Sorry, aber es sieht halt einfach lustig aus. Das hat mit der Gitarre zu tun, nicht mit dir.« Dann gab sie mir eine holzige und sagte, die sei für Anfänger. »Sie ist nicht megagut, aber dafür, dass sie so günstig ist, ist sie die beste.« Ich zupfte ein paar Mal daran herum, als ob ich so schauen könnte, ob das stimmte. »Dafür kann man auf der halt nicht alles spielen«, sagte sie. »Das ist der Nachteil.« Weil man nicht AC/DC spielen konnte und auch das Meiste von *Pink Floyd* nicht. Wobei man ja nie wissen kann, ob nicht plötzlich doch jemand kommt, der Jimi Hendrix auf dem Alphorn spielen kann. »Ich glaube, die ist gut.«

Dann sagte sie, dass sie mich noch etwas habe fragen wollen. Sie überlege sich nämlich, Gitarrenlehrerin zu werden. »Nur getraue ich mich nicht zu unterrichten. Weil ich dann vielleicht alles nur kaputt mache. Also nicht, dass das bei dir anders wäre. Aber ich glaube, dass du gut wärst, auch wenn man das vielleicht nicht denkt. Ohne jetzt etwas Blödes zu meinen.« Und erst da merkte ich, dass sie daran war, mir eine Gitarre zu verkaufen. Wo ich sagen musste, Hut ab. »Danke, dass du das sagst«, sagte ich. »Aber ich kann das nicht, ein Instrument lernen.« – »Das sagen am Anfang alle«, sagte sie. »Es kam mal eine, die war so alt, die konnte fast nicht mehr laufen, die hatte sich das das ganze Leben lang gesagt. Dann hat sie sich ein Klavier nach Hause bestellt. Die war jetzt alles andere als langweilig, obwohl sie Klavier spielen wollte. Und wahrscheinlich ging es dann auch nicht mehr so gut, wie wenn sie als Kind angefangen hätte, aber du bist ja auch noch nicht neunzig.« Ich sagte, dass sie sicher eine gute Lehrerin wäre und sie locker schon heute damit anfangen könnte. »Aber es gibt Sachen, die ich nicht kann, egal wie gut die Lehrerin ist.« – »Wie willst du das wissen, wenn du es nicht probiert hast?« Und ich sagte, dass mein Fahrlehrer auch gesagt habe, dass ich Autofahren lernen würde, wie alle anderen auch. »Bis er irgendwann fragte, ob ich reich sei. Was nett war, weil er ein halber Millionär geworden wäre mit mir.« – »Ich würde das nie machen!«, sagte sie. »Ich würde immer sagen, dass du das kannst. Ausser, wenn das Instrument das falsche wäre. Aber es ist das richtige!« Und ich weiss nicht, wieso ich nicht einfach Ja sagte. Weil ich es ja auch für sie hätte tun können. Aber ich stand auf und fragte, ob wir runtergehen könnten. Da kaufte ich mir eine Klapper, dass sie nicht noch dachte, ich sei zu geizig, um den Laden zu unterstützen. »Die passt besser zu mir«, sagte ich. Aber sie hörte gar nicht mehr hin. Erst als wir draussen standen und ich die Tür zumachte, sagte sie: »Dann willst du für immer so sein? Als wärst du hundert Jahre alt?«

Es war schade, dass sie Tschüs sagte, obwohl wir noch bis zur Busstation zusammen hätten laufen können. Aber ich glaube, dass sie merkte, warum ich nicht die ganze Zeit mit zehn Freunden herumlief. Sie hatte auf der Treppe sogar noch gesagt, alle könnten Gitarre spielen, so habe der Laden einmal geheissen: »Anybody Can Play Guitar!« Und dass sie mit ihrer Mutter besprochen habe, dass wir die Stunden in der Schule machen könnten, die dort Schulleiterin war. Aber ich hatte nichts gesagt, weil ich nicht mehr gewusst hatte, was sagen. Zu Hause nahm ich die Klapper dann aus dem Sack und probierte sie aus. Und auch wenn es mich freute, genau das Instrument gekauft zu haben, das ich damals in der Schule gespielt hatte, konnte ich nicht gerade sagen, dass es gut klang. Weil die Band dazu fehlte und der Chor und es vielleicht schwierig war, auf einem Alphorn Jimi Hendrix zu spielen, aber hundert Prozent unmöglich, mit dieser Klapper da Musik zu machen. Und darum ging mir auf dem Friedhof das Bild nicht mehr aus dem Kopf, wie sie auf dem Tisch so schlapp auf mich wartete.

Mit Luschk am Meer

Es war ehrlich gesagt schon ziemlich lange her, dass es nicht war, als wäre ich hundert Jahre alt, auch wenn vielleicht nicht ganz so lange, wie man meinen könnte. Wobei man sich fragen kann, wann das gewechselt hat und warum das so viel schneller ging, als man meinte. Und wieso es nichts dazwischen gab. Ich weiss noch, wie ich dachte, dass ich für alles Zeit haben würde, und es nicht stimmen konnte, wenn die Erwachsenen sagten, dass alles schnell ging. Weil ich genau spürte, dass ich zehn Leben vor mir hatte, während ich jetzt sagen würde, höchstens einen Viertel gehabt zu haben. Wobei sich da gleichzeitig mehr verändert hat, als ich je geglaubt hätte. Weil ich als Kind einer gewesen war, von dem meine Tante immer sagte, ich sei ihr noch einer, weil sie jedes Mal einen Hustenanfall bekam, weil wir so lachen mussten. Wobei ich es nicht lustig fand, wenn jemand mit der Achsel furzte oder ein Mitschüler zu kotzen anfing, sondern lieber an meinem Comic schrieb und jahrelang darauf wartete, dass jemand die Bilder dazu zeichnete. Und ich es immer lustig fand, dass es am Schluss das einzige Comic der Welt wäre, zu dem es keine Bilder gab.

Noch besser war aber das Comic selbst. Es ging da um Freunde, die Superhelden waren, obwohl sie eigentlich gar nichts konnten. Und die zusammen Sachen erlebten, wie dass zum Beispiel einer an Krebs stirbt. Was übrigens auch seine Superkraft war, weil er in der Schule nicht zuhören musste, weil er wusste, dass er eh nie würde arbeiten müssen. Und dann alle verkleidet an der Beerdigung sassen und sich die Leute fragten, was das soll, weil das nicht gerade Topkostüme waren, wenn man die Bilder dazu gezeichnet hätte. Ich selbst gehörte auch zur Gruppe. Und ich weiss noch, wie ich an meinem Pult fast geheult hätte, weil Mac mein bester Freund war. Er hatte mich Luchs getauft, weil sie manchmal vergassen, dass es mich überhaupt gab. Aber darum hatte ich Zeit, alles zu protokollieren, was auch meine Aufgabe war im Team. Zum Beispiel, dass der liebe Gott aus der Hölle zuschaute, als Mac beerdigt wurde. Weil der immer gesagt hatte, er wolle überall hin, nur nicht zu Gott, und ich trotzdem nicht wollte, dass er in die Hölle kam. Was typisch war, dass ich schaute, dass es gut ging für alle, und es dann ein bisschen war wie in echt, weil ich ja in echt erfand, was da passierte. Darum sagte ich der Lehrerin auch von Anfang an, ich sei Luchs, weil ich keinen Unterschied machte zwischen mir und dem Comic. Worauf sie dann sagte, wenn ich nur halb so viel in die Schule stecken würde wie in meine eigene Welt, könnte ich Astronaut werden. Leider ging es nach der Beerdigung von Mac dann aber nicht normal weiter. Weil Herrmann, die als Superkraft das Geschlecht wechseln konnte, plötzlich ohne Fühler in die Hütte kam und sagte, sie spiele jetzt Volleyball. Und nur noch Fanny übrig blieb, die nie lachen musste, und ihr Hund Frigo, der tönte wie ein Kühlschrank, weil er ein Nasenproblem hatte und darum weniger roch als zum Beispiel ich. Wobei das endgültige Ende dann von Sara kam, die mit Mac zusammen gewesen war und in die alle verliebt waren. Seit der Beerdigung hatte sich niemand mehr getraut, ihr auch nur in die Augen zu schauen. Und das wurde ihr irgendwann zu blöd, und sie stand von unserem Sofa auf und sagte, sie sei zu alt für diesen Scheiss.

Zum Glück hatte ich dann aber Mühe, eine Lehrstelle zu finden. Wobei ich zugeben muss, dass ich nicht ganz offen war für alles, weil meine Mutter immer sagte, ich solle tun, was mein Herz mir sage, und ich nicht auf eine Baustelle wollte und noch weniger in ein Büro. Darum bewarb ich mich in einem Comicladen, wo sie leider schnell merkten, dass ich nicht gut darin sein würde, mit Kunden zu reden. Ich brachte kein Wort heraus, und auf die Frage, ob ich gerne mit Leuten zu tun hätte, sagte ich schnell Nein. Da half es auch nicht, dass ich selbst ein Comic geschrieben hatte, auch wenn mir die Chefin anbot, es aufzulegen, weil sie so nett war. Meine Mutter schlug dann vor, dass ich ein zehntes Schuljahr machen könnte, wo ich zugeben musste, dass es Schlimmeres gab, als ein Jahr etwas zu lernen, von dem man dann sagen konnte, dass man das weiss. Aber wenn ich ehrlich war, war das nicht, was mein Herz mir sagte. Darum sagte meine Mutter dann auch, dass wir ein Problem hätten. Und darum hätten normale Eltern wohl einfach gesagt, zehntes Schuljahr. Aber weil meine Mutter nicht normal war, sagte sie, dass mir schon etwas in den Sinn käme, wenn ich es mir nur in Ruhe überlegen würde. Dann weiss ich noch, wie ich am Pult sass und dachte, dass das Einzige, was ich mir vorstellen konnte, war, an diesem Pult zu sitzen und Sachen zu überlegen. Und dass ich ein Comic schreiben könnte, wie ich das immer gemacht hatte. Und weil eh niemand die Bilder dazu zeichnen würde, vielleicht auch einfach ein normales Buch. Ich glaubte nicht, dass ich gut darin war, Bücher zu schreiben, ich glaubte nur, dass meine zehn Leben reichten, um das zu schaffen. Meine Mutter sah das lustigerweise genauso. Weshalb man sich auch fragen kann, ob ich die Lernschwäche von ihr geerbt hatte. Als ich ihr sagte, dass ich ein Buch schreiben wollte, klatschte sie in die Hände und umarmte mich. »Bravo!«, rief sie. »Ich habe gewusst, dass du etwas finden würdest!«

Jetzt könnte man sagen, dass das nicht fair von ihr war, meinem Vater zu sagen, dass ich doch ein zehntes Schuljahr machen würde. Aber sie sah da glaub keinen Unterschied, ob ich etwas in der Schule lernte oder zu Hause. Und ihn störte es glaub weniger, dass er dafür zahlen musste, als dass ich schon wieder ein Jahr wiederholte, der sein eigener Sohn war. Ich selbst machte mir keine Sorgen, solange meine Mutter sagte, ich solle mir keine Sorgen machen. Darum musste ich dann nur noch herausfinden, wie man ein Buch schreibt. Ich dachte schnell, dass ich über Luchs und das Team schreiben würde, und zwar nicht, weil das die beste Idee der Welt war, sondern weil ich wusste, dass ich keinen richtigen Roman schreiben konnte, den man in der Schule lesen musste. Trotzdem war ich mir nicht sicher, ob ich es schaffen würde, Schriftsteller zu werden, weil meine Lehrerin vor Lachen hätte ins Spital gehen müssen, wenn sie das gehört hätte. Darum wollte ich schon am ersten Ferientag anfangen, damit ich einen Vorsprung haben würde, wenn andere mit der normalen Lehre anfingen. Leider wusste ich dann aber nicht, was schreiben. Es war anders, jetzt am Pult zu sitzen, als es während der Schule gewesen war, und darum dachte ich schon am Nachmittag, dass ich mir doch einen richtigen Beruf suchen musste. Und das machte mir solche Angst, dass ich meine Sachen packte und von zu Hause abhaute. Ich weiss nicht, wie ich darauf kam, aber irgendwie dachte ich, dass Luchs etwas erleben musste, wenn ich etwas über ihn schreiben wollte. Und das klingt jetzt vielleicht, als ob ich zweimal um die Welt gereist wäre, während ich in Wirklichkeit nur ins Simmental zu meiner Tante ging. Trotzdem war es das erste Mal, dass ich das machte, und für eine Ewigkeit dann auch das letzte.

Lustigerweise hatte meine Tante den genau gleichen Hirnfehler wie meine Mutter und ich, weil auch sie nicht merkte, dass ich kein Buch schreiben konnte, sondern sagte, dass sie schon immer gewusst habe, dass ich mal etwas Besonderes machen würde im Leben. Ich sagte, dass ich gerade erst angefangen hätte und eigentlich überhaupt nicht wisse, was tun. Dann schaute sie mich an, als könne sie sich vorstellen, wie schwierig das sei, weil sie nie ein Buch schreiben könnte, ich das aber sicher herausfinden würde, weil ich ja jetzt Schriftsteller war! Und lustigerweise glaubte ich das dann auch selbst. Sie strich mir über den Kopf und sagte, ich sei ihr noch einer. »Eine rechte Nummer bist du!« Und lachte ihr Hexenlachen, das sie sich mit dreissig Jahren Mary Long antrainiert hatte. Dann fragte sie, ob ich auch eine wolle, was wohl nicht die beste Frage ist, die man einem Sechzehnjährigen stellen kann. Aber ich sagte Ja, weil ich feiern wollte, dass ich zum ersten Mal in meinem Leben daran war, etwas zu machen, von dem ich nicht schon immer gewusst hatte, dass ich das machen würde. Vom Nikotin wäre ich dann aber fast in den Fernseher gestürzt, wenn mich meine Tante nicht noch rechtzeitig festgehalten hätte. Sie sagte, dass ich mich schon daran gewöhnen werde. Wobei sie rechter nicht hätte haben können, weil ich am Ende des Sommers schon mehr geraucht hatte als alle Schulkollegen und -kolleginnen in allen Pausen und Wochenenden zusammen.

Mit dem Schreiben ging es dann aber weniger gut. Ich startete zwar jeden Tag den Laptop, hockte mich aufs Sofa, in die Küche oder draussen auf die Terrasse, wo die Sonne so blendete, dass ich den Bildschirm nicht sehen konnte, ich spazierte dem Tal entlang und dachte, wie schön es da war, aber es kam mir trotzdem nicht in den Sinn, was ich schreiben könnte. Ich rauchte Mary Longs und hirnte vor mich hin, bis ich zwei Wochen später in der Küche sass und das Lachen meiner Tante hörte. »Du siehst schlecht aus«, sagte sie und lachte und hustete und lachte, bis auch ich lachen musste und mir eine Zigarette anzündete. »Ich glaube, wir sollten noch einmal zusammen ans Meer.« Wir waren nie zusammen am Meer gewesen. Aber weil sie Krebs hatte, dachte sie vielleicht, dass das ihre letzte Chance war.

Oder dass ich ebenfalls Hirnkrebs bekäme, wenn ich so weitermachte. Auf jeden Fall rief sie sofort meine Mutter an und sagte, es sei ein Notfall, und sie, die gerade dabei war, Balkonferien zu machen, fand die Idee super. Dann standen wir ein paar Tage darauf im Raucherabteil vom Flughafen und machten die erste Stange Mary Long auf, während meine Mutter die ganze Zeit ans Glas klopfte, weil sie Angst hatte, den Flug zu verpassen. Wobei ich dann froh war, dass wir als Letztes einstiegen, weil mir noch am Boden so schlecht wurde, dass ich mich beim Start nicht entscheiden konnte, ob ich jetzt kotzen oder jubeln sollte. Aber irgendwie hatte ich da das erste Mal das Gefühl, dass das gut kommen könnte mit meinem Buch.

Zum Glück hatte eine spanische Kollegin meiner Mutter ein Ferienhaus, das direkt am Meer lag. Es war so schön da, dass wir uns, noch bevor wir reingingen, fragten, wieso wir nicht jedes Jahr hierherkamen. Dabei war ich erst ein einziges Mal überhaupt am Meer gewesen, als mein Vater seine neue Frau geheiratet hatte. Das Haus stand am Ende eines Strandes, es hatte nur einen Stock und eine Terrasse mit einem Schaukelstuhl, die meine Tante sofort in Beschlag nahm und Veranda nannte. An einem Balken an der Decke hing ein Ventilator, und wenn man drei Stufen runterging, war man direkt im Sand. Meine Mutter fand es unglaublich, wie schlecht die Luft im Haus war, und tat alle Fenster auf und rief immer wieder »Furchtbar!«, während wir draussen unsere erste Zigarette rauchten. Meine Tante blies den Rauch in die Luft und sass in ihrem Stuhl, als würde sie nie mehr von da aufstehen. Und irgendwie ist es immer noch das Bild, das ich von ihr habe, wenn ich an sie denken muss.

Fürs Schreiben waren die Ferien dann das Beste. Auch wenn oder gerade weil meine Mutter am ersten Abend etwas Falsches gegessen hatte und die ganze Nacht kotzen musste. Und sie am nächsten Tag im Bett blieb und meine Tante vorschlug, im Dorf Mittag zu essen, weil wir nicht selbst kochen wollten. Es lag nur ein paar Minuten von da und bestand aus lauter weissen Häusern, die so aussahen, weil die Marokkaner mal da gewesen waren, und die Marokkanerinnen sicher auch. Wir gingen in ein Restaurant, das Meersicht hatte und *Santa Tereza* hiess. Das Dach war aus Palmenblättern, und Richtung Meer war es offen, dass der Wind direkt hindurchwehen konnte. Als wir die Karte anschauten, sagte meine Tante, sie nehme eine Piña Colada. Und weil ich nicht wusste, was das war, nahm ich das Gleiche. Was nur halb gut kam, weil ich noch nie Alkohol getrunken hatte und sie so dünn war, dass sie hinter dem Glas aussah wie ein Kind. Aber das war wohl auch der Grund, warum sie sich dann überreden liess, einen Verdauungsspaziergang zu machen.

Ich war auf die Idee gekommen, weil an der Wand ein Bild aufgemalt war, mit einem Hügel und einem Sonnenuntergang darauf. Und ich gesagt hatte, dass ich das gerne mal live sähe, und sie gesagt hatte, dass das der Hügel hinter dem Haus sei, wenn ich mal die Augen auftun würde. Ich wollte sofort da hin, auch wenn die Sonne noch lange nicht unterging, weshalb wir dann einen halben Hitzschlag bekamen und ich die ganze Zeit dachte, wenn die jetzt umkippt, ist Schluss. Mit genug Rauchpausen schafften wir es aber doch bis oben, wo sie nicht mehr aufhören konnte zu fluchen. »Was für ein Scheissdreck, hier in der Hitze raufzuwandern!« Dafür war die Aussicht dann noch schöner als auf dem Bild. Man sah das Meer rundherum, und der Wind war so stark, dass wir unsere Caps halten mussten. Ich glaubte, dass auch meine Tante Freude hatte, weil sie einmal so aufs Meer zeigte und sagte: »Schau!« Und wir uns nicht sicher waren, ob das Delfine waren oder ein Wal, auch wenn es im Nachhinein auch einfach Wellen hätten sein können. Und weil jedes Einatmen schöner war als ein Zug an der frischesten Mary Long, während es so glitzerte, rundherum. Lustigerweise musste ich dann an Mac aus dem Comic denken und dass es schade war, dass er das nicht sehen konnte.

Am nächsten Morgen kam er mir dann wieder in den Sinn. Ich sah den Laptop, den ich noch nie aufgemacht hatte, weil ich mich nicht hatte fühlen wollen wie im Simmental. Aber jetzt vermisste ich Mac, auch wenn ich mir vorgenommen hatte, nicht an ihn zu denken. Und darum fing ich dann an aufzuschreiben, wie das so gewesen war mit unserem Team. Was dann wie von alleine ging, nachdem ich zwei Wochen hätte heulen können vor diesem Scheissbuch. Ich machte das nicht mehr, weil ich dachte, dass ich einen Beruf brauchte, ich schrieb einfach über Luchs wie früher, und das hatte ich am meisten vermisst von allem. Das merkte dann auch meine Tante. »Siehst du?!«, sagte sie, die die ganze Zeit neben mir gesessen und die Perücke in den Wind gehalten hatte. »Ich habe dir doch gesagt, wir müssen mal wieder ans Meer.« Dafür waren es dann gar keine richtigen Ferien, auch wenn es gleichzeitig die besten waren, die ich je gehabt hatte. Was auch war, weil meine Mutter die ganze Zeit fragte, wie es lief, und ich auf die Idee kam, in das Restaurant zu gehen, wo wir die Piña Colada getrunken hatten, um sie nicht die ganze Zeit sehen zu müssen. Ich trug am Morgen den Computer ins Dorf, bestellte eine Cola und rauchte und schrieb den ganzen Tag mit Sicht auf den Sonnenuntergang. Und das war dann nicht nur schön wegen Mac und Herrmann und Sara, sondern weil das *Santa Tereza* ein Familienrestaurant war, wo die Tochter mir die Cola schon am dritten Tag brachte, ohne dass ich sagen musste: »Una Cola por favor.« Und ich nur noch »muchas gracias« sagen konnte. Und sie so lächelte und »de nada« sagte und ich mich zusammennehmen musste, nicht noch mal »gracias« zurück zu sagen. Und sie dann immer zu mir schaute und ich doppelt so viel schreiben musste, dass sie nicht merkte, dass ich mich auf alles konzentrieren konnte, nur nicht auf das Buch.

An einem Morgen kam ich dann aber leider an und sah, dass das Restaurant zu war. Ich hatte mich gefreut zu schreiben, zu rauchen und am Abend mit meiner Mutter baden zu gehen, bis meine Tante uns zurufen würde, dass wir nicht so weit rausgehen sollten. Aber es war Sonntag, und ich musste einen Ruhetag machen wie wohl andere Schriftsteller auch. Doch weil ich nicht den ganzen Tag mit meiner Mutter und meiner Tante zusammen sein wollte, ging ich an den Strand, der direkt vor dem Restaurant lag. Ich hatte kein Tuch dabei, nur den Laptop und das Ladekabel, weshalb ich ganz an den Rand ging und mich auf einen Stein setzte. Es waren nur wenige Leute da, und alle waren nackt, was mir ja hätte egal sein können, wenn ich mir in Badehosen nicht blöd vorgekommen wäre. Aber darum ging auch ich nackt ins Wasser, und ausser dass ich kurz Angst hatte, dass ein Fisch anbeissen könnte, wäre das sogar gut gewesen. Wenn ich nicht plötzlich geschaut hätte, ob mein Laptop noch da war. Und dann das Mädchen sah, das natürlich auch am Sonntag im Restaurant wohnte. Und sie nicht irgendwo zum Himmel schaute, sondern gerade aufs Meer, und nicht irgendwo weit weg, sondern direkt zu mir. Ich winkte, sie winkte zurück, und das freute mich, auch wenn ich Panik bekam, weil es mir zwar egal war, vor denen nackt zu sein, die selbst nackt waren, aber sicher nicht vor ihr. Was ja nichts gemacht hätte, wenn ich Olympiasieger im Schwimmen gewesen wäre und sie eine halbe Stunde hätte warten lassen können. Aber nachdem ich eine Minute auf halber Höhe stehen geblieben war, musste ich raus an die frische Luft. Und obwohl ich mir vorgenommen hatte, normal auszusteigen, fing ich dann von alleine an zu rennen, während ich die Hände so vor mir hängen liess, dass man nichts sehen konnte. Ich schaute nicht, ob sie schaute, und zog mir die Badehose an, bis ich sie auf der Terrasse lachen hörte. Wobei sie immer wieder aufhören wollte, dann aber doppelt so fest anfing, bis ich zu ihr ging und Hallo sagte. »Sorry!«, sagte sie. »Sorry, sorry!« – »De nada«, sagte ich. Und weil sie auch nicht besser Deutsch konnte, sagten wir beide nichts mehr, bis sie »Wait!« sagte und in die Küche ging. Dann kam sie mit der Hand unter dem T-Shirt zurück, wo sie eine Cola versteckt hatte, was mich nicht nur freute, weil ich noch kein Frühstück gehabt hatte, sondern weil die Dose etwas aufgewärmt war von ihr. Auch wenn man das wohl nicht mit einem Thermometer hätte messen können. Ich sagte Danke, und sie hielt den Finger vor den Mund, weil ihre Eltern wahrscheinlich kein Gratisrestaurant betreiben wollten. Dann zeigte sie auf ihr Handgelenk und zurück zur Küche. »Chao!«, sagte sie und verschwand. Was gut war, weil ich mich wohl nicht hätte zurückhalten können, noch hundertmal »gracias« zu sagen für die Cola.

Natürlich freute ich mich dann doppelt auf die neue Woche. Auch wenn ich meiner Mutter von dem Mädchen erzählt hatte. Und sich meine Tante plötzlich doch überreden liess, die Veranda zu verlassen, um kurz vorbeizuschauen. »So hübsch ist die!«, sagte sie dann, und meine Mutter machte Augen, die sagten, wenn meine Tante das sage, müsse es stimmen. »Ich habe immer gewusst, dass die Mädchen dich gern haben werden.« Aber ich wusste nicht, was sie damit sagen wollte. Auf jeden Fall nervten sie mich beim Schreiben, und als sie hinter meinem Rücken einen Friseurtermin für mich organisierten, verbot ich ihnen endgültig vorbeizukommen. Aber natürlich hätte ich mir dann jahrelang gewünscht, dass sie so am Leben wären, dass ich mit ihnen ans Meer gehen könnte, und sie jeden Tag über mich flüstern würden. Sonst war die zweite Woche aber schön, weil alles lief wie am Schnürchen. Und ich es immer schon gerne gehabt hatte, wenn ich nicht jeden Tag neu erfinden musste, was ich tun könnte. Mir kam immer mehr in den Sinn, was schreiben, und auch mit dem Mädchen lief es gut, auch wenn sie von aussen gesehen alles gleich machte wie am Anfang. Sie nahm sich aber immer mehr Zeit, um die Cola einzuschenken, und irgendwann sagte sie nicht nur »de nada«, sondern: »Gracias a ti!« Was ich dann den ganzen Tag leise für mich wiederholte. Einmal wagte ich es sogar zu fragen, ob sie es gewesen sei, die den Sonnenuntergang gemalt habe, wobei ich »Tu?« sagte und auf das Bild zeigte. Sie wurde rot, weil ich richtig geraten hatte, und ich sagte: »Very good!«

Umso trauriger war es, als ich das letzte Mal ins Restaurant ging, weil die Ferien vorbei waren. Und ich mich nicht auf das Buch konzentrieren konnte, weil ich es ihr sagen, es aber gleichzeitig geniessen wollte, noch ein letztes Mal da zu sein. Irgendwie merkte sie aber von Anfang an, dass etwas anders war, weil sie vielleicht sah, wie ich nach Wörtern suchte, um es ihr zu sagen. Als ich bezahlen wollte, sagte ich dann nicht »la cuenta por favor«, wie sie es mich gelehrt hatte, sondern »Hola!«, und war dabei noch nervöser als sonst. Sie schaute, wie wenn etwas Schlimmes passiert wäre, und sagte: »Wait!« Dann lief sie in die Küche und kam mit einem Zettel zurück, auf den sie ihre E-Mail-Adresse und »Soledad« geschrieben hatte. »Sole«, sagte sie und zeigte auf sich. Ich sagte: »Wow!«, weil ich den Namen so schön fand. Wobei ich später herausfand, dass das nicht Sonne, sondern Einsamkeit hiess, was ja gleichzeitig traurig und noch schöner war, als ich gedacht hatte. Leider hatte ich kein Geschenk für sie dabei, weil ich meine ganze Energie dafür gebraucht hatte, mir zu überlegen, was ich ihr sagen könnte. Darum riss auch ich ein Stück von der Serviette ab und schrieb meine E-Mail-Adresse darauf. Darunter schrieb ich »Luchs«. Und als sie es zu lesen versuchte, sagte ich: »Luchs.« – »Luschk!«, sagte sie, und ich sagte: »Yes.« – »Okay«, sagte sie, dann zeigte sie auf sich und sagte noch einmal: »Sole.« – »Gracias«, sagte ich. Und sie schüttelte den Kopf: »Gracias a ti.«

Der Schnauzmann

Leider ging es dann mit Luchs und dem Buch nicht so gut weiter. Obwohl es zu Hause zuerst ähnlich lief wie in den Ferien. Nur dass es da halt kein Meer hatte und kein Restaurant. Darum dachte ich am Anfang noch, dass ich im Winter fertig werden könnte, was etwa hundertmal schneller gewesen wäre als gedacht. Zudem schrieb ich E-Mails mit Sole, was einfacher war, als live mit ihr zu reden, weil ich Google zum Übersetzen brauchen und mir unendlich viel Zeit nehmen konnte. Auch wenn wir nicht über die kompliziertesten Sachen schrieben, sondern nur, dass es schade war, dass es in der Schweiz kein Meer gab und am Meer keine Berge. Und dass wir sofort in den Zug steigen und tauschen helfen würden, bis wir merkten, dass wir dann wieder nur miteinander schreiben könnten. Was aber nicht der Grund war, warum ich mit dem Buch nicht weiterkam. Sondern, dass meine Mutter plötzlich sagte, dass sie meinen Vater getroffen habe. Und er mich treffen wolle, weil sie jetzt doch gedacht hatte, dass er wissen sollte, was ich machte, und zwar nicht, weil er ihr wichtig war, sondern ich. Und er merkte, dass er mein Vater war und ich sein Sohn. Was einfacher klingt, als es ist, weil er, als ich in die Schule kam, nach Singapur ging und erst wieder zurückkam, als ich so alt war wie Teresa. Darum freute es mich auch, als er anrief und sagte, er wolle ein Bier mit mir trinken, weil wir das überhaupt noch nie gemacht hatten. Nur war es halt nicht, dass es ihn interessierte, was ich schrieb. Sondern umgekehrt.

Wir trafen uns dann im Zoorestaurant, was lustig ist, weil es ja viele Orte gäbe, an denen man sich treffen kann. Aber da hatte es keine Jugendlichen, die ihn nervten, und er musste keine Angst haben, dass uns jemand sah, den er kannte. Als er an den Tisch kam, sagte er: »So schnell geht's!« Wobei ich nicht wusste, was er meinte, womit er aber gemeint hatte, dass wir schon einmal hier gewesen seien, als ich so klein war, dass ich mich nicht mehr daran erinnern konnte. Er sagte, dass er kaum glauben könne, dass ich das nicht mehr wisse. Es sei doch so heiss gewesen, und wir seien auf dem Spielplatz gesessen, bis ich Streit bekommen hätte mit einem anderen Kind. Dann hätten wir flüchten müssen, weil sein Vater mich so böse angeschaut habe, dass er Angst bekommen habe, in eine Schlägerei zu geraten. »Das weisst du nicht mehr?« Wir stiessen an, und er sagte, es sei unglaublich, was man alles für seine Kinder tue, ohne dass sie das überhaupt merkten. Dann sagte er, dass er lange auch nur faul herumgelegen habe. Da sei er nicht anders gewesen. Aber er habe halt keinen Vater gehabt, der ihm alles bezahlt habe, darum sei das bei ihm nicht lange gegangen. »Und das hat mich auch angeschissen. Ich hätte auch lieber Gitarre gespielt und wäre Rocker geworden, oder Kiffer.« Aber das sei sein Glück gewesen, dass das nicht gegangen sei, sonst hätte er nie all das Geld verdient, von dem am Schluss ja auch ich gelebt hätte. Und da befürchtete ich, dass er es nicht gut fand, dass ich ein Buch schrieb. Und ich war froh, dass ich zu Hause geübt hatte, ihm zu sagen, worum es ging, und dass ich schon weit gekommen war. Er fragte aber nur, ob ich es dahätte, und als ich den Rucksack aufmachte, sagte er, ich müsse es ihm nicht zeigen, er habe sowieso keine Ahnung. Was ich komisch fand, weil meine Mutter auch keine Expertin war und trotzdem immer lachen musste, wenn ich ihr vorlas. Er sagte dann aber, dass er einen Mann kenne, den er schon zwanzig Jahre nicht mehr gesehen habe. »Der kann sagen, ob das gut ist.«

Auf dem Weg sagte er, dass der schon in der Schule Bücher ausgedruckt habe, um sie zu verkaufen. Dann habe er in den Garagen seines Vaters einen Verlag gegründet. Als wir reinkamen, wussten wir gar nicht, wohin, weil in der ersten Garage eine

Frau sass, die vergass, Hallo zu sagen, und in der zweiten ein Mann, der vor einem Drucker stand und sagte, er sei hier nicht der Chef. »Schau da, der Pavian!«, rief zum Glück dann einer, der den grössten Schnauz hatte, den man sich vorstellen konnte. Sie lachten, weil sie den Witz wahrscheinlich schon früher gemacht hatten, dann durften wir in sein Büro, in dem hundert gleiche Bücher aufgetürmt waren. Mein Vater fragte, ob er nicht Angst habe, darunter begraben zu werden. Dann lachten wir alle, bis der Mann sagte: »Dein Junior hat also auch etwas geschrieben.« Er zündete sich eine Zigarette an, was mir nie in den Sinn gekommen wäre, obwohl ich ja inzwischen selbst rauchte. Dann sagte ich, ich sei leider noch nicht ganz fertig mit allem. »Besser so«, sagte er und erklärte, dass er meist nur einen Satz lesen müsse, um zu merken, dass er sich den Rest sparen könne. »Was habe ich dir gesagt?!«, sagte mein Vater. Dann gebe es die, die eine gute Idee hätten, aber trotzdem noch mal von vorne anfangen müssten. »Viele wissen ja nicht einmal mehr, wie man Affenarsch schreibt.« Wo ich das Gefühl hatte, dass mein Vater befürchtete, dass das bei mir der Fall sein könnte. »Und wie viele schaffen es?«, fragte er. »Wenn ich einen Franken bekäme für jeden Text, der in der Schublade landet, wäre ich Millionär.« Dann musste ich ihm die Blätter geben, die ich am Morgen ausgedruckt hatte. Was komisch war, weil ich ja am Meer vieles gedacht hatte, nur nicht, dass das mal jemand lesen würde. Wenigstens las er aber mehr als einen Satz. Was auch damit zu tun haben konnte, dass er zwar ein Profi war, aber trotzdem noch nie etwas von mir gelesen hatte. Plötzlich hörte er auf und haute auf den Tisch: »No chance!« Er lachte, und ich lachte auch. »Da habt ihr euch einen gespart.« Und dann zu meinem Vater: »Du glaubst nicht, wie viele jahrelang an Büchern schreiben, bei denen man schon am ersten Tag das Gleiche sagen könnte.« – »Unglaublich …«, sagte mein Vater und schaute mich an, bis auch ich sagte, das sei ja gestört.

Leider war mein Vater aber noch nicht fertig mit seinem Programm. Nachdem er dem Schnauzmann einen Franken gegeben hatte, erklärte er mir im Auto, dass ich jetzt also den normalen Weg gehen müsse. »Irgendwann muss jeder einsehen, dass er nicht Jesus Christus, sondern ein Mensch ist, der schwitzen muss für sein Geld.« Je früher ich das merken würde, desto besser. Solange man jung sei, sei das Gehirn noch weich, und man gewöhne sich schneller an Sachen. Dann hielt er vor einem Büro, in dem ich ein Blatt ausfüllen musste, während er danebenstand und mit einer Frau redete, die so jung war, dass sie wohl auch gerade noch mit ihrer Mutter dagestanden hatte. Wobei sie dann interessiert war, was für ein Geschäft er hatte, und er es ihr gerne erklärte und sagte, wenn sie wolle, könne er ihr alles mal zeigen. Und sie darum nur eine halbe Sekunde auf mein Blatt schaute und sagte, dass es in meinem Fall klar sei. »Dafür kann er nächste Woche schon anfangen.« Mein Vater sagte: »Picobello!«, und schaute mich an, als wäre das doch nicht so schwierig gewesen, wie meine Mutter immer sagte.

Zu Hause schaute ich dann, was man als Telefonagent so machen musste, und merkte, dass es um etwas anderes ging als um James Bond. Was ja nicht so schlimm gewesen wäre, wenn ich nicht schon Angst bekommen hätte, als die Frau gesagt hatte, sie rufe an, wenn etwas frei werde. Meiner Mutter sagte ich noch einmal, dass das nicht das sei, was mein Herz mir sage, aber jetzt sagte sie nur, dass man halt manchmal in den sauren Apfel beissen müsse. Vielleicht dachte sie, wenn mein Vater es in einem Tag schaffte, einen Job für mich zu finden, während sie zehn Jahre lang alles hatte geben müssen, dass ich nur in der Schule bleiben konnte, machte er es wohl besser. Vielleicht dachte sie auch, dass ich ihn brauchte, was sie immer sagte, wenn sie mit ihm redete. Und dass sie froh sein musste, wenn er mal etwas für mich machte, auch wenn sie es ganz anders gemacht hätte. Aber darum blieb mir nichts anderes übrig, als am Montagmorgen in den Zug zu steigen, um in einem Callcenter mit meinem richtigen Leben anzufangen. Da zeigten sie uns verschiedene Zimmer mit Agentinnen und Agenten, die die Leute über die neusten Sachen informierten. Was übrigens etwas vom Ersten war, das wir lernten, dass wir nichts verkaufen, sondern nur informieren mussten, worüber ich sehr froh war. Komischerweise schauten sie dann nicht, wer überhaupt Hallo sagen konnte am Telefon, sondern erklärten uns sofort, worum es ging. Es ging um eine Videosammlung über wilde Indianer, was man vielleicht nicht mehr so sagen würde, aber sicher gut zu den Videos passte. Und darum, dass wir den Leuten sagen mussten, dass sie das erste gratis erhielten und sie keine weiteren bestellen müssten, weil alle anderen von alleine kämen. Leider sagten die meisten aber nur, dass sie schon zehn Tierfilme oder Videos über Wunder der Welt hätten, bei denen man gesagt habe, sie seien gratis. Ich war überrascht, dass ich es überhaupt schaffte, die Leute anzurufen, weil ich immer Mühe gehabt hatte, Luft zu bekommen, wenn ich telefonieren musste. Gleichzeitig kam nach der ersten Schicht eine Überwacherin zu mir und sagte, wir hätten ein Problem. Ich dachte, dass ich nichts dafür konnte, dass alle Nein sagten, wenn sie, um die Sammlung zu stoppen, auf eine Nummer anrufen mussten, die immer besetzt war. Und ich verstand, dass niemand Videos wollte, wo alle schon lange auf DVD umgestellt hatten. Aber die Frau sagte, dass ich weniger verstehen und mehr sagen solle, und zwar, dass es gratis sei, weil sie so gute Kunden seien. Und dass ich erst am Schluss erwähnen müsse, dass es von alleine weiterliefe, wobei es immer noch besser sei, es einmal zu vergessen, als gar nichts zu verkaufen.

Von da an lief es so gut, dass ich noch am ersten Tag auf dem Podest der Verkaufsrangliste landete. Was auch damit zu tun hatte, dass ich bei denen, die zu alt waren, um etwas zu verstehen, ankreuzte, dass sie Ja gesagt hatten. Die Überwacherin fand das so gut, dass sie den anderen eine Aufnahme von mir zeigte, damit sie es gleich machen konnten. Und kurz dachte ich darum sogar, dass das ein Talent von mir war, Agent zu sein. Das ging die nächsten Tage dann auch so weiter, auch wenn ich nicht gerade jeden Tag Bronze gewann und es mich trotzdem freute, Feierabend zu haben. Leider merkte ich am Freitagabend, dass am Montag ja alles wieder von vorne beginnen würde und ich dreissig Sekunden warten und zwei Minuten würde reden müssen, bis ich eine Mary Long rauchen konnte, die trotzdem nicht so gut schmeckte wie am Meer. Und natürlich könnte man sagen, dass ich es auf dem Friedhof ja auch schaffte, siebzehn Jahre lang die gleichen Runden zu drehen. Doch war das halt, weil ich nicht die ganze Zeit Sachen sagen musste, die nicht stimmten, sondern umgekehrt. Im Zug bekam ich dann aber ein schlechtes Gewissen. Weil ich die ganze Zeit Videos verkaufte über Menschen, von denen ich überhaupt nichts wusste. Was auch der Grund war, dass ich am Wochenende in die Bibliothek ging, um etwas über sie herauszufinden. Dass sie Nambikwara hiessen, zum Beispiel, und in Brasilien wohnten und immer weiterzogen und als Erwachsene etwa so viel besassen wie ich bei meiner Geburt. Was auch darum half, weil ich am Montag etwas anderes tun konnte, als auf die Uhr zu schauen, bis jemand am Apparat war.

Darum nahm ich dann auch die Blätter von meinem Buch ins Callcenter mit. Wobei der Schnauzmann ja nicht gerade gesagt hatte, dass es sich lohnen würde, daran weiterzumachen. Und ich gar nicht mehr hätte Schriftsteller werden wollen, weil ich dann alles nur Leuten zeigen müsste, von denen ich nicht wollte, dass sie es lasen. Trotzdem war die Idee gut, weil ich manchmal so lachen musste, dass ich es nicht schaffte, mich zu beruhigen, bevor jemand Hallo gesagt hatte. Und die zweite Woche darum noch schneller vorüberging als die erste. Als ich am Freitagabend eine Mary Long anzündete, konnte ich mir plötzlich doch vorstellen, vierzig Jahre dazubleiben, wenn ich nur immer mein Buch dazu lesen könnte. Was doppelt nicht ging, weil das Buch nicht für vierzig Jahre reichte, sondern nur bis am Montagmittag. Und ich dann anfing, daran weiterzuschreiben, bis die Kontrolleurin kam und Stopp sagte, weil ich in der Zwischenzeit auf den letzten Platz abgerutscht war. Und ich wieder nichts anderes tun durfte, als dazusitzen und auf die Uhr zu schauen. Was dann machte, dass mir wieder in den Sinn kam, dass das Buch ja eigentlich schlecht war.

Am nächsten Morgen stand ich eine Stunde früher auf, um mit der Überarbeitung anzufangen. Was schon darum schwierig war, weil ich die ganze Zeit mit den Zeilen verrutschte und, wenn ich sie gefunden hatte, nicht mehr wusste, was ich wollte. Und darum mit einem Kopf zum Bahnhof ging, der sich anfühlte, als würde ein Klapperzug im Kreis fahren, bei dem man vergessen hatte, die Notbremse zu lösen. Noch schlimmer wurde es, weil unterwegs alle an ihren Laptops sassen wie Profis, wo ich schon nur froh gewesen wäre, wenn ich zu Hause einen Halter gehabt hätte für meine Blätter. Darum dachte ich den ganzen Tag, dass ich, wenn ich es nicht schaffte, mein Buch zu verbessern, wirklich zum James Bond der Telefongeschichte werden könnte. Mit dem Unterschied, dass das Einzige an Technik mein Kopfmikrofon war von Dell. Das merkte dann auch die Kontrolleurin. Sie sagte, dass sie mir aus Nettigkeit noch einen Nachmittag gebe, um zu zeigen, dass ich bereit sei, alles zu machen für den Job. Und da dachte ich, dass ich vielleicht doch nicht bis zur

Pensionierung bleiben würde, sondern nur bis am Abend. Es würde meinen Vater nicht freuen, dass ich den Job verlor, der extra für Leute war, die ihren Job verloren hatten. Aber mein Buch lag zu Hause in meinem Zimmer verstreut, und das war meine Chance, es vielleicht doch noch zu retten.

Vielleicht wäre es besser gewesen, auf den Schnauzmann zu hören, weil er ja nicht gesagt hatte, dass meine Chance klein war, sondern minus. Aber ich wollte ihm nicht glauben, weil ich auf das Gefühl hören wollte, dass ich nicht alles glauben sollte, was man mir sagte. Darum schrieb ich dann wieder jeden Tag und dachte, dass ich vielleicht doch Schriftsteller werden könnte, bevor mein Vater wieder anrief. Wobei ich tagelang nur herumkorrigierte und dann doch an den Mann denken musste, weil er der Einzige war, der etwas zu meinem Buch gesagt hatte. Und natürlich merkte ich, dass das nicht gut war, aber ich hörte meinen Vater, wie er sagte, dass ich lernen müsse, auf Leute wie den Schnauzmann zu hören. Und ich weiss nicht, ob das allen so gegangen wäre, aber bei mir dauerte es lange, bis ich merkte, dass das das Dümmste ist, was man tun kann. Die Tage im Callcenter waren wie Ferien gewesen, im Gegensatz zu der Zeit, in der ich zu Hause versuchte, die Sätze in eine gute Reihenfolge zu bringen. Zum Glück war in meinem Kopf aber zu wenig Platz für meinen Vater, den Schnauzmann und das Buch zusammen, was jetzt wieder etwas ist, warum ich nicht tauschen helfen würde gegen ein grösseres Gehirn. Weil ich schon nach zwei Tagen mit so einem Kopf erwachte, dass ich Pause machen und im Bett bleiben musste. Und es sich dann nicht nur am nächsten, sondern jeden Morgen anfühlte, als würde ein Zug in meinem Kopf herumklappern. Manchmal wurde es schon am Mittag so schlimm, dass ich nur noch warten konnte, bis Nacht war. Darum fingen mir nach einem Monat auch langsam an, die Ideen auszugehen. Und darum ging ich eines Abends raus, weil ich Angst hatte, dass es endgültig Zisch machen würde in meinem Gehirn. Ich kam am Friedhof vorbei, wo mich zum Glück niemand wieder nach Hause schickte, und da merkte ich, dass es noch ruhiger war als sonst schon in der Nacht. Ich sah den Mond und die Sterne, und irgendwie waren das die ersten Lichter seit Langem, die mir nicht wehtaten im Kopf.

Dann kam so eine Nacht, wo mein Thermometer über die eigene Anzeige rausging und ich kurz wirklich dachte, jetzt ist Schluss. Was etwas Gutes hatte, weil ich mit einem anderen Gefühl aus dem Haus lief als normal. Sonst hatte ich immer gehofft, dass es etwas bringen würde rauszugehen, und es hatte auch immer etwas gebracht. Aber jetzt dachte ich nicht, dass ich mit weniger Kopfweh zurückkehren würde, sondern vielleicht gar nicht. Was lustig ist, für immer wegzugehen, aus Angst, dass das Gleiche daheim von alleine passieren könnte. Ich kam beim Friedhof vorbei und ging durch das Tor, auch wenn mir die Gräber nicht gerade Lust machten zu sterben. Ich setzte mich auf eine Bank, die alleine vor einem Baum stand, und kam mir vor wie an meiner eigenen Beerdigung. Ich wusste gar nicht mehr, zu wem dieser Kopf gehörte, der immer wehtat. Und das fragte sich dann auch Connie. Weil sie zwar nicht da war, um Polizei zu spielen, aber gleich immer spürte, wenn etwas nicht stimmte. Sie kam nicht direkt mit der Taschenlampe, sondern setzte sich einfach neben mich auf die Bank. »Du bist etwas viel hier für dein Alter«, sagte sie. Und das war dann Bewerbung und Lehre in einem, weil sie fragte, was los war, und ich so lange erzählte, bis sie »Sorry« sagte, da bekomme sie ja selbst gleich Kopfweh. Sie sagte, dass sie auch darum hier sei. Und zwar nicht, weil sie auch hatte Schriftstellerin werden wollen, sondern weil ihre Freundin gestorben war und sie am liebsten Platz getauscht hätte mit ihr. Damals sei sie auch jeden Tag gekommen, bis sie eine Gärtnerin habe fluchen hören, dass die Giesskannen gestohlen worden seien. Da habe sie gedacht, dass das ihre Chance sein könnte, weil sie nicht mehr als Lehrerin arbeiten wollte, weil sie glaubte, dass es auch bald Zisch machen würde in ihrem Kopf. Sie rief die Stadt an und fragte, wer dafür zuständig war, den Friedhof zu bewachen. Und irgendwie schaffte sie es, den Job dann gleich selbst zu übernehmen.

Natürlich erzählte sie mir das nicht alles an diesem Abend. Sondern nur, dass es sie anscheisse, immer da zu sein. »Du kannst gerne mal für mich einspringen, wenn du willst.« Und auch wenn ich nicht ganz verstand, merkte ich, dass sie nett war. Und das war das erste Mal seit Langem, dass ich etwas spürte, das von einem anderen Ort kam als von meinem Kopf. Trotzdem sagte ich, dass ich mir das noch überlegen müsse. Am Morgen erwachte ich dann aber ohne Kopfweh. Und schon am Mittag meldete sich Connie, dass sie jemanden brauche für den Abend. »Dann kannst du mal schauen, wie das ist. Lustig ist das hier nämlich nicht.« Und da hatte sie auch recht. Aber drei Wochen später wusste ich schon, wie schnell ich gehen musste, dass ich nach der Runde zwei Mary Longs rauchen konnte, bevor eine Stunde um war. Auch mein Vater rief nicht mehr an, weil ich jetzt mein eigenes Geld verdiente. Und meine Mutter war nur noch froh, dass es mir wieder gut ging. Dann weiss ich noch, wie ich eine Runde machte und auf Viertel Weg etwas hörte im Gebüsch, eine Katze oder einen Igel. Und ich an Luchs denken musste und daran, dass das hier sein neues Zuhause war. Da dachte ich, dass ich für immer hierbleiben und mit Connie zum Platz schauen würde, auch wenn sie sagte, dass sie das nur noch mache, weil sie den einzigen Chefinnenposten nicht verlieren wolle, den sie je gehabt habe. Vielleicht auch, weil sie ihre Freundin vermisste. Auch wenn sie längst eine neue hatte, oder zwei.

Horse with no Name

Man kann sich ja wahrscheinlich denken, dass ich mich nicht gerade gut fühlte, als Teresa mich zurückliess vor dem Musikladen. Auch wenn ich es verstand, dass sie enttäuscht war, weil man wahrscheinlich nicht jeden Tag jemanden trifft, bei dem man so gut testen kann, Lehrerin zu werden, wie mich. Aber irgendwie bezweifelte ich, dass es eine gute Idee war, Gitarre zu spielen. Weil ich schon sah, wie mein Vater mich nach Montreux fahren würde, um den Chef zu fragen, ob ich im Sommer am Jazzfestival spielen könne. Worauf der Klapperzug wieder losfahren würde in meinem Kopf. Wobei ich ja nie vorgehabt hatte, zum neuen Jimi Hendrix zu werden. Trotzdem kam mir mein Vater in den Sinn, wie er sagte, ich solle aufpassen, weil es nicht das erste Mal wäre, wo er recht hätte, wenn ich nicht aufpassen würde. Gleichzeitig fragte ich mich, was Teresa wohl dachte, wie das Leben so wird, wenn sie mich sah.

Am Feierabend hatte mich mein Vater dann überzeugt, dass es einen Grund gab, warum ich auf dem Friedhof arbeitete und nicht als Rockstar. Trotzdem ging ich an meiner Wohnung vorbei und lief weiter über die Brücke, über die ich auch als Schüler gegangen war, um die Klapper zu kaufen. Und von da war es dann nicht mehr weit bis zum Laden. Als das Glöckchen klingelte, wurde es so still rundherum, dass es mir über den Rücken kribbelte. Ich schaute mir noch mal alles an, was Teresa mir gezeigt hatte, bis mich die Freundin ihres Vaters sah. Ich sagte, dass ich doch eine Gitarre kaufen möchte, und zwar eine teure, weil es nicht mein Ziel war, an meiner Beerdigung Hunderternoten zum Schnäuzen verteilen zu können. Und vielleicht hätte sie sagen müssen, dass es besser war, mit einer einfachen anzufangen. Aber sie war sofort einverstanden mit meinem Vorschlag, weil sie mir glaubte, dass es nichts gab, bei dem sich mein Geld mehr freuen würde, dafür ausgegeben zu werden. Und darum hatte ich am Schluss eine Gitarre, von der man glauben konnte, sie hätten den halben Urwald dafür abgeholzt, wenn nicht ein Kleber drangeklebt hätte, dass pro Baum zwei neue gepflanzt und der Transport zurückbezahlt worden war, was das CO_2 anging. Sie war in Spanien von Hand gemacht worden und tönte wie die Kassetten von Julio Iglesias, zu denen meine Mutter immer mitgesungen hatte, wenn sie die Wohnung putzte.

Wobei es bei mir dann leider nicht ganz so gut tönte. Als ich sie aus der Hülle nahm, wusste ich zuerst nicht einmal, ob ich sie links oder rechts herum halten musste. Eine Frau auf YouTube erklärte dann aber, dass die dickste Saite oben sein müsse. Und dass man mit dem einfachsten Lied der Welt anfangen solle, was ich eine gute Idee fand. Sie sagte, dass es nur zwei Akkorde habe, die einfacher nicht sein könnten, und darum war ich dann doppelt überrascht, weil ich gedacht hätte, dass ein schwieriges Lied einfacher wäre als dieses einfachste Lied der Welt. Es kam mir vor wie rückwärts auf dem Fahrrad, weil ich die Hand verkehrt herum halten musste und immer, wenn ich dachte, ich bewege den Zeigefinger, sich der Daumen bewegte und, wenn ich den Daumen bewegte, der kleine Finger zu zucken anfing. Kurz fragte ich mich darum, ob ich nicht doch die billigere hätte nehmen sollen. Die Frau sagte dann aber, dass alles gut komme, wenn man nur immer den einen, dann den anderen Akkord spiele. Dass es normal sei, dass man eine halbe Minute Umbaupause machen musste, sagte sie nicht. Zum Glück ging es dann aber schnell, dass es nur noch war, wie normal Fahrradfahren zu lernen, wie mit drei. Und es half, dass das Lied nicht nur einfach, sondern auch gut war, und ich es aus dem Radio kannte. Ich fing dann sogar an zu singen und spielte dazu »Babaaa baaa, horse with no name!«, bis es still wurde, plötzlich, und ich lachen musste, weil ich dachte, dass meine Lehrerin recht gehabt hatte, dass man so blöd wie ich auch erst mal sein musste.

Leider ging es dann nicht so gut weiter, dass man sagen würde, die Gitarre sei schon auf halbem Weg ins Rockmuseum. Obwohl sie schnell wichtig wurde für mich, wenn auch nicht auf die Art wie gedacht. Was mir viel passiert, und ich das Verbandszeug am Schluss nicht brauche, weil ich vom Balkon gefallen bin, sondern weil sich das Nachbarskind als Mumie verkleiden will. Aber natürlich dachte ich am Anfang, dass die Gitarre da sei, um Musik zu machen. Weil es ja blöd wäre, dreitausend Franken auszugeben, nur weil man keinen Baseballschläger hat, falls mal ein Zombie vor der Tür steht. Und natürlich wollte ich zu Teresa in die Stunden. Nur war sie halt nicht so blöd, dass sie sofort wiederkam und fragte, ob ich dabei sei. Sondern gar nicht mehr. Darum bekam ich dann Angst, dass ich sie in der Schule suchen müsste, in die ich selbst gegangen war. Ich hatte sogar einen Alptraum, bei dem ich beim Aufwachen immer noch dachte, er sei echt, weil da keine Zombies vorkamen, sondern nur Teresa. Ich hatte mir einen Ruck gegeben und war in die Schule gegangen, wo immer noch die gleichen Leute waren wie früher. Ich wusste von Anfang an, dass Teresa vor dem Haupteingang stehen würde, wo immer die standen, die über alle lachten. Und tatsächlich sah ich sie schon von Weitem. Ich war halb Schüler, halb der, der auch ihr Lehrer hätte sein können, und sagte: »Hallo.« Aber es interessierte sich niemand für mich. »Ich habe mir eine Gitarre gekauft!« Teresa tat, als würde sie mich nicht kennen, und die anderen lachten, wo man sagen könnte, klar, in einem Alptraum. Dann fragte jemand, wer ich sei, und Teresa sagte: »Wie soll ich das wissen?« Ich erwachte und ging lieber noch einmal in den Laden. Da gab ich der Freundin von Teresas Vater einen Zettel, auf den ich mich nicht einmal mehr traute zu schreiben, was ich ihr im Traum gesagt hatte, sondern nur noch »LG« draufschrieb. Ein paar Tage später rief mich die Freundin an und sagte, dass Teresa da gewesen sei. Sie habe nur halb Freude gehabt an meiner Nachricht, weil sie extra in den Laden gegangen war, um zu sehen, dass ich ihr einen Gruss ausgerichtet hatte. Wobei ich selbst schuld gewesen war zu glauben, dass sie merken würde, was ich damit sagen wollte. »Fragezeichen, Fragezeichen, Fragezeichen«, las die Freundin genervt vor. »Mehr steht da nicht.« Als ich fragte, ob sie einen Zettel schreiben und fragen könne, wie es ihr gehe, sagte sie: »Ich schreibe gar nichts mehr auf! Redet einfach miteinander. Ich gebe dir ihre Nummer.« Aber ich dachte, dass ich lieber zwanzig Jahre warten würde, als sie anzurufen.

Dann war es, wie es immer ist. Dass man nur ewig warten muss, wenn man denkt, man halte es keine Sekunde aus. Plötzlich stand sie vor der Box auf dem Friedhof. Auch wenn sie nicht gerade aussah, als ob sie froh wäre, da zu sein. Sie hatte die Gitarre dabei, und bevor sie Hallo gesagt hatte, sagte sie, sie habe noch gedacht, dass ich meine nicht dahätte. »Egal. Ich habe eine ähnliche wie du.« Ich sagte dann trotzdem: »Hallo.« Und sie sagte etwas auf Englisch und dass wir uns da auf die Mauer setzen sollten. Es war nett, dass sie gekommen war, auch wenn sie gar nicht fragte, ob ich Zeit hätte. Und sie eine Laune hatte wie ich, als mich meine Tante und meine Mutter in den Ferien beim Friseur angemeldet hatten. Sie fing an und sagte, ich solle den Finger hier, den da und den dorthin tun und den da und den dort … bis ich »Stopp!« sagte. Und weil sie dachte, dass ich nicht verstand, wiederholte sie alles, bis ich »Teresa!« sagte: »Stopp!« Was das Lauteste war, was ich je auf dem Friedhof gesprochen hatte. Und fast wäre es wirklich gekommen, dass ich sie nach Hause geschickt hätte, weil ich es ernst meinte, dass ich zwanzig Jahre warten würde, wenn wir dafür normal Hallo sagen könnten, bevor sie mir sagte, wo ich welchen Finger hintun müsse.

»Du musst das nicht machen, wenn du nicht willst«, sagte ich. Aber sie sagte, sie wolle schon. Sie sei nur müde. »Dann kannst du ja morgen wiederkommen.« – »Morgen habe ich schon abgemacht.« – »Und nächste Woche?« – »Ist die letzte vom Jahr.« – »Und dann?« – »Ist es zu spät.« Ich sagte, dass sie doch auch in der Neunten vorbeikommen könne. Aber sie hatte gar nicht den Friedhof gemeint, sondern Jill, die ich nicht kannte, aber die aus ihrer Klasse war und nicht mit ihr ins Gymnasium kam. Ich fragte, ob sie nicht in der Freizeit mit ihr abmachen könne. Aber sie sagte, dass sie dann Stress bekommen würde mit Sipho, wobei ich wieder nicht sicher war, wer das sein sollte. »Ich verstehe schon, dass es ihn stresst, auch wenn wir über alles reden, weil wir halt sofort gesagt haben, nicht Polyamorie. Aber irgendwie ist Jill eben auch cool.« Und ich war jetzt nicht der, der ihr gut Auskunft geben konnte, darum sagte ich, dass sie ja wisse, wo ich sei, wenn sie wieder Zeit habe. »Ich habe es dir doch schon gesagt«, sagte sie. »Aber ich kann es dir noch einmal sagen.« – »Was hast du gesagt?« – »Dass ich unterrichten will.« Und ich konnte mir ja denken, dass man das lernen musste, und zwar nicht erst, wenn man eine eigene Schule aufgemacht hatte. Aber ich hatte ja auch erst angefangen, Schriftsteller zu werden, als ich anfing, ein Buch zu schreiben. »Du musst nicht alles schon im Voraus können«, sagte ich. »Du kannst auch erst nach der Schule damit anfangen.« Aber sie sagte, dass es sie eben immer mehr anscheisse. »Wenn ich es jetzt nicht mache,

mache ich es vielleicht nie mehr. Was auch mit Jill zu tun haben könnte. Oder mit meiner Depression.« Sie spiele im Moment eben überhaupt nicht Gitarre. Und sie finde das nicht einmal schlimm. »Das hat auch meine Therapeutin gesagt, dass das typisch ist.« – »Dann ist ja gut«, sagte ich, ohne es fies zu meinen. Was sie aber wütend machte, weil das eben das Problem war. »Dass ich es nicht einmal schlimm finde. Das ist das Schlimme!« Weil sie ihrem Vater versprochen habe, Gitarrenlehrerin zu werden. Was ja nett gemeint war. »Aber ich weiss nicht, ob das geht«, sagte ich. »Auch wenn er es sicher schade fände, wenn du aufhören würdest.« Es war ja normal, dass man den Eltern einmal sagen musste, dass man normal war, obwohl sie sich gewünscht hätten, König der Welt. Auch wenn Teresa es sicher schwieriger hatte als ich. Weil meine Mutter früh merkte, dass ich kein Supertalent war, weil ich erst mit fünf so reden konnte wie andere mit eins. Und es wohl doppelt schwierig war, jemanden zu enttäuschen, auf den man nicht wütend sein darf, weil er schon tot ist.

Ich schlug dann vor, dass sie noch ein letztes Lied spielen könnte, wenn sie schon die Gitarre dabeihatte. »Um zu sagen, dass du eine Pause brauchst. Wie ich auch immer noch eine rauche, wenn ich denke, dass ich genug geraucht habe für heute.« Wobei mir dann in den Sinn kam, dass ich das Feuer in der Box liegen gelassen hatte, weil ich so erschrocken war, sie zu sehen. Aber sie sagte, das sei nicht das Gleiche. Und ich sagte »Sorry«, weil ich sicher nicht so gut darin war, ihr Sachen zu sagen, wie ihre Therapeutin. Also sagte ich dann, dass sie mir die Gitarre geben solle. Was ein bisschen streng klang, aber davon kam, dass sie mir wirklich langsam auf die Nerven ging. »Dann spiele eben ich das Pausenlied. Das macht im Zirkus ja auch der Clown und nicht die beste Akrobatin.« Dann schaute ich im Geheimen, wie ich die Gitarre halten musste, weil ich nicht wollte, dass sie dachte, dass ich nicht einmal links von rechts unterscheiden konnte. Und bevor sie etwas gemerkt hatte, spielte ich schon Schramm und nach kurzem Umbau wieder Schrumm und fast sofort darauf wieder Schramm. »Eins, zwei, los«, sagte ich, weil das nur zur Aufwärmung gewesen war, dann spielte ich den Rhythmus, ohne damit sagen zu wollen, dass das perfekter nicht gegangen wäre. Wobei das schon das erste Mal so gut gegangen war, dass ich gedacht hatte, ich hätte schon mal Gitarre gespielt, wenn vielleicht auch nicht in diesem Leben. Ich spielte, bis der Hauptteil kam, bei dem ich mitsingen konnte, »Babaaa baaa, horse with no name!«, und sie nur noch so den Mund offen hatte und ihn auch nicht wieder schloss und immer wieder »oh mein Gott« sagte. Ich war mir nicht sicher, ob sie das machte, weil es ihr peinlich war oder weil sie das Lied so gut fand und ich ihr jetzt schon länger vorspielte als sie mir alle Male zusammen. Dann sang sie mit und kannte die Strophen, dass ich nur noch spielen musste, während sie die Umbaupausen mitmachte, ohne zu motzen, bis wir singen konnten: »Babaaa baaa, horse with no name!«

»Ich fange gleich an zu heulen«, sagte sie. Und ich sagte, das passiere mir auch manchmal, auch wenn ich mich nicht an das letzte Mal erinnern konnte. »Aber ich heule nicht«, sagte sie. »Ich habe mir vorgenommen, eine Woche nicht zu heulen.« Auch wenn man hätte sagen können, dass sie schon fast verloren hatte, weil ihr ein paar Tropfen herunterliefen. Aber ich sagte, dass ich in ihrem Alter auch viel geheult hätte. Was nicht machte, dass sie ruhig bleiben konnte, sondern erst richtig anfing, und so zu mir kam mit dem Kopf. Ich sagte, dass ich immer an eine Raupe hätte denken müssen. »Die muss sich ja auch in Fäden einwickeln und im Dunkeln sitzen, bevor sie weitermachen kann.« Und das nahm sie dann ernst und hörte so lange nicht auf, dass ich dachte, dass sie sicher mal ein grosser Schmetterling werden würde. Dann sagte sie, sie müsse nächste Woche auf die Bahamas. Wobei ich zuerst nicht verstand, weil das so schnell gegangen war. »Das scheisst mich auch an. Auch wenn das Meer da schön ist.« Ich fragte, ob sie nicht einfach hierbleiben könne, auch wenn das dumm war, weil sie wahrscheinlich nicht selbst entscheiden durfte. Aber das durfte sie. »Irgendwie glaube ich einfach, dass ich nie mehr mit ihnen weggehen würde.« Dann sagte ich, dass es vielleicht auch guttue wegzugehen. »Dann merkst du, wie fest du die anderen vermisst.« – »Das ist eben das Problem«, sagte sie. »Dass ich glaube, dass ich nur noch froh wäre, einmal allein zu sein.« Und da kann es sein, dass ich nicht ganz neutral war, weil ich sofort sagte, dass ich das verstehen würde, weil ich an ihrer Stelle einen Herzinfarkt bekommen hätte. »Der Friedhof ist auf jeden Fall noch da, wenn du zurück bist.« Dann nickte sie, als hätte ich etwas Gutes gesagt. »Ich komme als Erstes hierher, versprochen!« Ich sagte, sie könne auch erst nach einer Woche kommen oder wenn der Sommer vorbei sei. »Nein«, sagte sie. »Ich komme sofort! Dann spielen wir noch einmal das Lied. Du kannst ja noch üben, wenn du willst. Also nicht, dass du musst, du bist ja schon gut. Aber vielleicht willst du ja.« Dann verlor sie fast noch mal die Wette und sagte, sie schreibe mir dann eine Karte. Und ich sah mich schon, wie ich die Taschenlampe nehmen musste, um überhaupt zu sehen, dass da Palmen drauf waren. Aber ich sagte trotzdem Danke.

Nach der Schicht ging ich nach Hause. Aber statt ins Bett ging ich auf den Balkon und trank einen Kaffee, was wahrscheinlich nicht die beste Idee war, die man vor dem Schlafengehen haben kann. Ich sass in der Sonne und fing nach einer Minute schon an zu schwitzen. Trotzdem holte ich die Gitarre und spielte noch einmal das Lied, weil es auch das einzige war, das ich konnte. Aber es tönte nicht halb so gut wie mit Teresa, und ich musste immer wieder neu anfangen und »horse with no name!« singen, bis mir die Finger wehtaten. Ich dachte, dass ich ja jetzt drei Wochen Zeit hätte und sie dann Augen machen würde, wenn ich Hornhaut hätte wie ein Profi. Aber irgendwie stellte ich mir dann vor, wie sie auf den Friedhof käme und sie braun wäre wie ein Tannenzapfen und wir das Lied spielten, das trotzdem nicht so gut tönen würde wie beim ersten Mal. Und dann der Herbst käme und dann der Winter. Was machte, dass es mir nach fünf Minuten schon gleich ging wie Teresa nach fünf Jahren. Dass ich keine Lust mehr hatte, Gitarrist zu werden. Und wahrscheinlich war es, dass ich es nicht gewohnt war, Kaffee zu trinken, weil die Hitze alleine nicht schuld sein konnte, dass ich die Gitarre so in die Hand nahm, als wäre tatsächlich ein Zombie vor der Tür. Und sie auf das Geländer schlug, dass die Holzteile herumflogen wie im grössten Film und die Saiten einen Ton machten, als wäre ein Klavier die Treppe runtergefallen. Ich sass da und schnaufte wie das letzte Mal am benoteten Hürdenlauf in der Neunten. Dann hörte ich die Nachbarin hochrufen, ob alles gut sei. »Nein!«, sagte ich, und zwar nicht, weil die Gitarre dreitausend Franken gekostet hatte, sondern weil ich noch eine zweite hätte kaputtmachen können. Und weil ich merkte, dass ich etwas machen musste, auch wenn ich nicht genau wusste, was.

Ein Zombie und zwei ganz Tote

Am Abend ging ich dann trotzdem wieder auf den Friedhof. Wobei ich nicht ganz reinging, sondern nur bis knapp vornedran. Und an der Mauer stehen blieb, weil ich das Gefühl hatte, dass die Gitarre sonst für nichts kaputtgegangen wäre. Was typisch für mich war, auch wenn ich keine grosse Erfahrung darin hatte, Gitarren kaputtzumachen. Und ich schon nach fünf Minuten Angst bekam, weil ich nicht wusste, was ich jetzt die ganze Nacht tun sollte, wo die Sonne ja noch halb am Himmel stand. Es war wie im Sommer, in dem ich ein Buch hatte schreiben wollen und nach zehn Minuten hätte heulen können, weil ich nicht wusste, wie anfangen. Da war ich auch am Pult gehockt, und jede Minute war gewesen wie eine Stunde allein im Wald. Ich stand auf und lief im Zimmer herum, als müsste es noch eine andere Tür geben als die, die mich zur Küche brachte. Ich steckte den Laptop aus, und eine Freude kam in mir hoch, weil mir in den Sinn kam, dass ich ja einfach tun konnte, was wir jeden Sommer taten. Ich ging los, ohne jemandem etwas zu sagen, und im Zug kam ich mir vor wie Christoph Kolumbus. Dann weiss ich noch, dass meine Tante erst nach einer Weile fragte, warum ich gekommen war, erst nachdem wir geraucht hatten und ich fast in den Fernseher gestürzt wäre. Wir sassen auf dem Sofa, und plötzlich sagte sie: »Du machst dir doch nicht etwa Sorgen?!« Sie sagte, dass sie mal in San Francisco gewesen sei. Das sei auch nicht lustig gewesen, sie habe im Flugzeug gesessen und geheult, weil ihre Mutter Krebs hatte und sie gedacht habe, dass sie sie nie mehr sehen würde. Dann habe der Mann neben ihr das Gleiche gesagt. Sie habe ihn nicht gekannt, und sie hätten danach auch nicht mehr zusammen geredet. Aber in dem Moment habe sie gemerkt, dass er recht habe. Sie war daran, nach San Francisco zu fliegen! Und als sie ihre Mutter nach einem Jahr dann doch wiedersah, habe sie das nur ausgehalten, weil sie eine Zeit lang etwas anderes getan habe, als ihr beim Sterben zuzuschauen. »Wenn man nicht auf die hört, die einem sagen, wie oft ein Flugzeug abstürzt, kommt es schon gut.«

Ich war schon lange nicht mehr im Simmental gewesen. Und eigentlich hatte ich auch gedacht, dass ich nie mehr dort hingehen würde. Es war ja niemand da, mit dem ich herumspazieren oder Mary Longs rauchen konnte. Im Zug kam ich mir darum vor, als würde ich auf eine Expedition gehen, die noch nie jemand vor mir gewagt hatte. Als ich umstieg und wir ins Simmental fuhren, war ich mir nicht einmal mehr sicher, ob wir noch im gleichen Land waren. Oder überhaupt noch auf der Welt. Die Felder waren gerade gemäht worden, und das ganze Tal hatte diese Muster wie von Urmenschen gemacht. Die Sonne schien uns entgegen, und das Heu staubte in diesen Bahnen vor sich hin. An Orten waren die Leute noch dabei, das Heu zu verteilen, an anderen fuhren sie schon darüber, um es aufzuladen. Ich stellte mir vor, ewig so aus dem Fenster zu schauen und Richtung Sonnenuntergang zu fahren, bis ich irgendwo aussteigen könnte, wo mich nichts mehr an den Friedhof erinnern würde. Aber dann kam das Dorf meiner Tante, und auch wenn sie nicht mehr da wohnte, stieg ich da aus. Ich nahm den gleichen Weg, den ich das letzte Mal genommen hatte, als ich einer Frau von der Kirche hatte helfen müssen, die Sachen meiner Mutter zu sortieren. Meine Mutter hatte mal gefragt, ob ich das Haus wolle, und ich hatte Nein gesagt, und sie hatte es an die Kirche vererbt, wo sie sich beklagten, dass sie ihre Sachen entsorgen mussten. Aber ich wollte es noch einmal sehen, weil ich dachte, dass es immer noch das gleiche Haus war. Umso überraschter war ich dann, dass es überhaupt nicht mehr so aussah. Weil nicht die Kirche, sondern eine normale Familie da wohnte und sie das Haus komplett renoviert und den Garten mit Steinen ersetzt hatten. Die Strasse und der kleine Weg zum Eingang waren noch gleich, und auch der Baum neben der Eingangstür sah aus, als würde meine Mutter noch da wohnen. Aber durch das Küchenfenster sah ich, dass drin alles anders war. Wo ich sagen muss, dass es ja auch dumm wäre, alles gleich zu behalten, nur dass der Sohn der alten Besitzerin nach sieben Jahren sagen könnte, genau so habe es früher ausgesehen.

Vom Haus ging ich den Weg, den ich jeden Tag gegangen war, als ich mein Buch hatte schreiben wollen. Und jetzt, mit der Abendsonne und dem Staub in der Luft, war es mindestens so schön wie damals. Ich erinnerte mich, wie ich mir vorgestellt hatte, dass nicht der Tisch in der Küche oder das Pult daheim mein Arbeitsplatz wäre, sondern das ganze Tal. Und dass ich nicht am Computer, sondern auf diesem Spaziergang machte, was ich tun musste. Wobei es ja dann wirklich fast so kam. Ich ging weiter bis zu einer Bank, die aussah wie ein Thron über allem. Sie war neu, und ich sah, dass sie gemacht worden war für eine, die gestorben war. Sie hatte den gleichen Jahrgang wie ich, was vielleicht auch der Grund war, warum ich mich kurz hinsetzte. Vielleicht erinnerte es mich auch an etwas, an das ich eigentlich nie dachte. Dass nicht nur das Haus verkauft worden war, sondern auch meine Mutter und meine Tante nicht mehr lebten. Ich war nicht ein einziges Mal an ihrem Grab gewesen, seit der Name meiner Mutter auf dem Grabstein meiner Tante eingeritzt worden war. Aber plötzlich bekam ich ein schlechtes Gewissen, auch wenn ich keine Lust hatte, schon wieder auf einen Friedhof zu gehen.

Er war mehr oder weniger auf dem Weg, auf einem Hügel, der direkt neben der Kirche lag, weil die Leute wahrscheinlich gedacht hatten, dass sie die flachen Felder lieber zum Heuen brauchten. Rundherum war eine Mauer, die von unten riesig aussah, mir dann aber nicht einmal bis zum Hals reichte. Umgekehrt als beim Haus sah da alles noch aus wie früher und würde wahrscheinlich auch in hundert Jahren noch so aussehen. Es hatte genug Platz, und man hatte von überall eine Aussicht auf das Dorf. Wobei meine Tante wohl lieber neben der Mauer gelegen hätte als mitten in den Leuten. Ihr Grabstein war mir erst wieder bekannt vorgekommen, als ich ihn gefunden hatte. Meine Mutter und ich hatten ihn bei einem Mann im Nachbardorf gekauft, als meine Tante gestorben war. Jetzt standen beide Namen drauf, was ich selbst noch nie gesehen, sondern nur einmal per Rechnung bezahlt hatte. Ich fand es gut, dass meine Mutter bei ihrer Schwester sein durfte, auch wenn sie es als Kinder gehasst hatten, im gleichen Bett schlafen zu müssen. Leider wusste ich dann aber nicht, was sagen. Vielleicht, weil es war wie bei meiner Mutter, die im Spital auch immer

Witze gemacht hatte mit den Kranken, auch wenn die gerade erfahren hatten, dass sie noch mal fünf Jahre auf eine Niere warten mussten. Und es dann anders war, als sie selbst krank wurde. Ich ging jetzt nicht an irgendwelchen Gräbern vorbei, sondern stand vor dem Grab meiner Mutter. Dabei dachte ich immer noch, dass sie jeden Tag Sachen für mich machte, ohne die es nicht gehen würde. Ich hatte zwar Nein gesagt zu ihrem Haus, aber ich hatte ihre Wohnung übernommen, als sie weggezogen war. Zudem hatte sie die Möbel dagelassen, die ich als Kind angemalt hatte, und das Geschirr, das sie nicht mehr brauchte. Vor allem aber half sie mir jeden Tag auf dem Friedhof. Auch wenn ich nicht der war, der jeden Tag in der Zeitung sein wollte, weil ich mit dem Privatjet arbeiten ging, hätte ich es keine Woche geschafft, die gleichen Runden zu drehen, wenn meine Mutter nicht immer gesagt hätte, dass sie stolz auf mich sei. Am Anfang hatte sie noch jeden Morgen gefragt, wie es gelaufen war. Und auch wenn ich nie viel sagen konnte, sagte sie immer: »Du machst das gut.« Natürlich freute es sie, dass ich nicht arbeitslos war. Aber es freute sie noch mehr, dass ich etwas machte, von dem sie sagte, dass das genauso wichtig war wie das, was alle anderen machten. Schon in der Schule war das der Grund gewesen, warum ich mich einfach taub stellen konnte, wenn jemand Sachen über mich sagte. Oder ich selbst Sachen zu denken anfing. Dass sie nicht mehr lebte, machte da keinen grossen Unterschied.

Lustigerweise machte es mich dann trotzdem traurig, sie hier zu sehen. Weil wir es immer gut gehabt hatten zusammen. Und wir das beste Team gewesen waren, wenn wir nicht aufhören konnten zu lachen, weil es meist etwas war, das andere gar nicht lustig fanden. Dass sie zum Beispiel einen Fruchtsalat versalzte, weil sie Zucker hatte drauftun wollen, und die Leute plötzlich Gesichter machten, die nicht aussahen nach Dessert. Jetzt erinnerte ich mich, wie sie den Sarg heruntergelassen hatten am letzten Tag, während der Pfarrer etwas gesagt hatte. Und es tat mir leid, wenn ich dachte, wie ich hier stand, weil ich danach nicht mehr viele Leute hatte, mit denen ich Witze machen konnte. Und ich am nächsten Tag wieder auf den Friedhof ging, ohne jemandem etwas zu sagen. Und es sehr lange dauerte, bis ich merkte, was passiert war. Vielleicht fast bis jetzt. An ihrer Beerdigung hatte ich sogar noch gedacht, dass das nichts Schlechtes sein musste, dass wir uns nicht mehr live sahen. Weil ich schon als Kind gemerkt hatte, dass es das gab, dass man alles nur kaputtmachte, wenn man zu reden anfing. Aber wenn ich mir das so überlegte, war das bei uns anders gewesen. Wir hatten es immer gut gehabt, wir hatten zusammen gekocht, und auch wenn ich nicht der bin, der viel reden muss, redeten wir die ganze Zeit. Jetzt sah ich sie genau vor mir, während ich mich sonst nur an ihre Stimme erinnerte, und auch wenn meine Tante ebenfalls da lag, dachte ich, dass sie ganz alleine war. Und das machte mir so Angst, wie ich es nur als Kind gehabt hatte, wenn ich in der Nacht nicht wusste, wo ich war. Ich hatte immer gedacht, dass sie noch da sei. Aber irgendwie dachte ich jetzt, dass man auch das Gegenteil sagen konnte. Und darum brauchte ich dann ein paar Mary Longs, bis ich wieder normal atmen konnte.

Dann passierte etwas Komisches. Weil ich plötzlich meine Tante reden hörte. Ich hatte sie oft Sachen sagen hören in meinem Kopf, aber jetzt war es, als würde sie vor mir stehen wie früher in ihrem Haus. »Du siehst wieder einmal ganz schlecht aus«, sagte sie, als würde ich die ganze Zeit nichts anderes machen, als schlecht auszusehen. »Der ist doch bleich«, sagte sie zu meiner Mutter. »Du willst mir doch nicht sagen, dass der nicht bleich ist.« Meine Mutter hätte mich eigentlich verteidigen wollen, sagte dann aber, ich sei wirklich ein bisschen bleich im Gesicht. »Das ist dieser blöde Friedhof«, sagte meine Tante. Und meine Mutter sagte, dass sie froh sei, dass ich diesen Platz gefunden hätte, weil es keinen besseren Platz für mich gebe. »Wenn man denkt, wie schlecht es ihm davor gegangen ist!« Da musste ihr meine Tante recht geben, dass das gut für mich sei, und meine Mutter sagte, das sei sogar sehr gut, und meine Tante sagte, das könne gut sein, dass das gut für mich sei. »Aber jeden Tag ist doch nicht gesund.« – »Jede Nacht«, sagte meine Mutter. »Jede Nacht!« Und meine Tante hätte sich am liebsten eine Zigarette angezündet. »Am Tag muss man den Friedhof nicht bewachen«, sagte meine Mutter. »Eigentlich logisch«, sagte meine Tante. »Aber darum siehst du jetzt auch so aus!« Ich fragte mich, wie lange sie noch so weitermachen wollten, weil der Mond langsam aufging. Dann fragte ich, ob ich wirklich aussähe wie ein Zombie, weil ja vielleicht nur das Licht machte, dass ich aussah wie ein Käse. Das sei genau das richtige Wort, sagte meine Tante. »Wie ein Zombie siehst du aus.« Dann zündete ich mir eine Zigarette an. Und weil sie dann nichts mehr sagte, legte ich noch eine zweite zu ihr auf den Stein.

»Du müsstest vielleicht wieder einmal etwas machen«, sagte meine Mutter. »Früher hast du doch so viel gemacht. Badminton hast du doch so gerne gespielt!« Aber ich hatte nie Badminton gespielt, ausser einmal, mit meiner Nachbarin, mit dreizehn. Und zum Glück sagte meine Tante dann, dass sie auch keine Lust hätte, Badminton zu spielen. »Sport ist Mord«, sagte sie, und ihre Zigarette sah aus, als würde sie noch schneller runterbrennen als normal. »So ein blöder Spruch«, sagte meine Mutter. »Stimmt trotzdem«, sagte meine Tante. Dann sagte meine Mutter, dass ich doch an die Sonne gehen solle. Das habe ihr auch immer geholfen. »Frag doch die Leute von der Kirche, ob du da Ferien machen kannst.« – »Der will doch hier keine Ferien machen«, sagte meine Tante. »Oder sieht der etwa aus, als ob der hier in den Ferien wäre?« – »Dann geh doch ins Tessin!«, sagte meine Mutter. »Weisst du noch, als wir zusammen im Tessin waren?« Wir waren Pedalo fahren gegangen, und ihr war so schlecht geworden, dass wir die ganzen Ferien nicht mehr an den See hatten gehen können. »Schon schön«, sagte meine Tante. »Dolce vita far niente!«, sagte meine Mutter, und meine Tante sagte, dem sage man nicht so. »Oder noch besser! Die Borromäischen Inseln!« Meine Mutter hatte immer davon geredet, dass das ihr Traum sei, da hinzugehen und so zu tun, als wäre sie eine reiche Italienerin. Meine Tante fand die Idee blöd und sagte, dafür wäre ja sogar sie zu jung. »Dann bring doch einen besseren Vorschlag!«, sagte meine Mutter. Und ich musste zugeben, dass es mich auch nerven würde, wenn alle alles blöd fänden, was ich sagte. »Der muss mal wieder ans Meer!«, sagte meine Tante. »Ist doch klar.«

Meine Mutter fragte mich dann, ob ich mich noch erinnern könne, als wir alle zusammen in Spanien gewesen seien. »Du hast dich doch da so verliebt!«, sagte sie. »So verliebt warst du! In diese … Wie hiess sie noch mal?« – »Si, So, Sa …« – »Sara!« – »Nein, Sandra!« – »Sonja!« – »Etwas mit Sa, da bin ich mir sicher!« – »Sole«, sagte ich. »Sole!«, riefen sie. »Ich hätte fast noch gesagt, Sonne!«, sagte meine Tante. »Aber dann dachte ich, so heisst ja niemand.« – »Das heisst Einsamkeit«, sagte ich, aber sie glaubten mir nicht. »Habt ihr noch Kontakt?«, fragte meine Mutter, obwohl sie die Antwort wusste. Und das sagte ich ihr dann auch, und zwar wie mit sechzehn. Dann tat es mir leid, weil ich mir vor zehn Minuten noch gewünscht hatte, dass sie noch am Leben wären. »Das war schön da mit euch«, sagte ich. Und meine Mutter sagte, dass ich ja ihre spanische Kollegin fragen könnte, ob das Haus am Meer frei sei. »Sie hat dich immer so gern gehabt. Sie hat immer gesagt, der Traktor darf jederzeit kommen.« Ich sagte, dass das nett von ihr sei und ich es mir überlegen würde, wenn ich das nächste Mal Ferien hätte. »Du musst das jetzt tun!«, sagte meine Tante. »Sonst machst du es nie. Wir kennen dich doch.« Und meine Mutter sagte, da müsse sie ihr recht geben. Die Nummer sei irgendwo im Internet. »Ihr habt doch Internet auf dem Handy«, sagte meine Tante und meinte glaub alle, die noch am Leben waren. Ich sagte, dass ich nicht einfach wegkönne, weil ich arbeiten müsse. Vor allem aber fragte ich mich, was sie dachten, wie ich das tun würde, nach Spanien zu gehen, nachdem ich sieben Jahre lang nicht mal mehr im Simmental gewesen war. Dann kam mir in den Sinn, dass sie ja tot waren, und zwar nicht, weil ich an ihrem Grab stand, sondern weil sie plötzlich meine Gedanken lesen konnten. »Du musst doch nicht alleine dahin!«, sagte meine Mutter. »Nein, also alleine würde ich das auch nicht tun!«, sagte meine Tante. Also fragte ich, mit wem ich denn sonst da hinsolle. »Mit wem soll ich denn sonst dahin?« – »Wir kommen mit!«, sagte meine Tante. »Was denkst du denn?«

Traktor, nicht Buddha!

Es war dann gar nicht so schwierig, alles zu organisieren, weil ich es zum Beispiel auch nicht wichtig fand, den allerbilligsten Flug zu finden, sondern einfach den nahm, den es gab vom Flughafen Belpmoos aus. Wobei ich trotzdem überrascht war, als ich den Preis sah, weil alle immer sagen, dass Fliegen halb gratis sei, ich aber ein halbes Auto hätte kaufen können zu dem Preis. Was vielleicht auch damit zu tun hatte, dass im Flugzeug nur Platz war für zwanzig Leute und ich nicht einen, sondern zwei Sitze gebucht hatte, die solche Sessel waren, dass auch ein Supermodel locker die Beine hätte ausstrecken können. Ich dachte nicht, dass meine Tante und meine Mutter einen eigenen Platz brauchten, aber ich dachte, dass es komisch wäre, mit ihnen in die Ferien zu gehen, wenn neben mir jemand anderes sitzen würde. Am Morgen vor dem Flug fand ich es dann schade, dass ich das letzte Mal alleine war, obwohl man hätte meinen können, dass sieben Jahre genug gewesen wären, und meine Begleiterinnen ja gar nicht mehr lebten. Trotzdem rauchte ich auf dem Balkon eine letzte Mary Long für mich. Ich hatte Connie am Abend noch geschrieben, ich ginge in die Ferien, und sie hatte gemeint: »Hast recht.« Der Chefin hatte ich nichts gesagt, weil ich immer noch ein bisschen wütend war wegen dem Gras, und ich dachte, dass es keine richtigen Ferien wären, wenn alle wüssten, wo ich war.

Am Flughafen war ich dann das erste Mal froh, dass ich nicht alleine war, weil ich zuerst nicht wusste, ob er überhaupt offen hatte. Es waren so wenige Leute da, und die, die da waren, putzten oder strichen den Gang. Meine Mutter sagte, dass sie lieber zu früh da sei als zu spät, und meine Tante sagte, dass sie sich schon immer gefragt habe, ob man überhaupt noch fliegen könne von Belpmoos aus. »Du musst halt fragen, wo du hinmusst«, sagte meine Mutter, auch wenn sie wusste, dass ich das nie tun würde. Zum Glück sah ich dann aber einen Mann, der aussah, als wüsste er auch nicht, wohin. Ich ging ihm nach, bis er den Ort gefunden hatte, wo man das Gepäck abgeben musste, und man mir sagte, wo es weiterging. Ich wurde durchleuchtet und kam zum Wartezimmer, wo ich sah, dass ich noch Zwei-drei-Viertel Stunden Zeit hatte bis zum Start. Zum Glück liess mich die Sicherheitsfrau aber noch einmal zurück, wo ich zwei Stangen Mary Long kaufen und auf einen Balkon gehen konnte, wo es viel schöner war als im Abteil, wo meine Tante und ich das letzte Mal geraucht hatten. Ich kam mir vor wie der Chef des Flughafens höchstpersönlich, weil man von da aus die ganze Landebahn sah. Und es ging ein Wind, der so fein war, dass ich zwischen den Zügen immer einen Extrazug Luft nehmen musste. Sonst sah ich die ganze Zeit nur ein einziges Flugzeug, und das war dann das nach Spanien.

Nebst dem, dass man den Sitz runterschrauben konnte, bis man flach in einem Bett lag, hatte es sich auch darum gelohnt, die teuren Billette zu kaufen, weil ich gratis bestellen konnte, was ich wollte. Meine Tante sagte, sie nehme einen Espresso. Und weil meine Mutter sagte, sie könne nicht immer nur Espresso trinken, sagte sie: »Und einen Campari Soda.« Meine Mutter wusste dann nicht, ob sie wütend werden oder jubeln sollte. »Du musst auch so einen nehmen!«, sagte sie. Früher hätten sie immer Campari Soda getrunken im Flugzeug. Und ich fragte mich, wie das ging, weil ich dachte, dass sie überhaupt nur einmal in den Ferien gewesen war, bevor ich zur Welt kam. »Da hat man auch noch rauchen dürfen«, sagte meine Tante, wo ich sagen musste, dass ich froh war, nach den zwei Stunden auf dem Balkon eine Pause machen zu können. Als der Flugbegleiter fragte, was ich trinken wolle, wusste ich kurz nicht, was sagen. Es war wohl keine gute Idee, vor dem Start drei Camparis und einen Espresso zu trinken, darum bestellte ich am Ende zwei, ohne Kaffee, und merken taten sie das zum Glück nicht. Meine Tante sagte sogar noch, dass der Espresso wirklich gut sei. »Früher schmeckten die in den Flugzeugen nur nach alten Socken.« – »Pfui, der Teufel!«, sagte meine Mutter. Dann stiess ich mit den Gläsern an, dass sogar der Flugbegleiter Prost rief. Und auch wenn die Camparis halfen, dass ich nicht so zu schwitzen anfing, als der Motor laut wurde, war ich dann froh, dass ich von jetzt an nicht jeden Abend drei Pizzas bestellen musste und dreimal Muschelsalat.

Der Flug ging dann schnell. Was wahrscheinlich damit zu tun hat, dass etwas langsamer geht, je schneller man will, dass es vorbei ist. Und man eingesperrt in einem Lift sicher schneller denkt, eine Stunde sei um, obwohl erst zwei Minuten vorbei sind, als wenn man den Sitz zu einem Bett runterklappen kann. Leider weckte mich der Mann dann, weil ich ihn wieder hochklappen musste für die Landung. Ich hatte nicht nur den Flug verschlafen, sondern schaffte es fast nicht mehr, die Augen aufzubekommen, weil es mir vorkam wie mitten in der Nacht. Die zwei Espressos, die er ausnahmsweise noch brachte, halfen dann aber, und ich musste zugeben, dass meine Tante recht gehabt hatte, dass der Kaffee super war, mit Sicht auf die Stadt, die immer grösser wurde, bis es Bumm machte. Der Flughafen war hundertmal grösser als der von Belpmoos. Und es ging mir gerade umgekehrt als im Flugzeug, dass ich dachte, ich hätte fünfmal hin- und herfliegen können, während ich auf meinen Koffer wartete. Kurz dachte ich sogar, dass er verloren war, weil meine Tante sagte, das passiere die ganze Zeit. »Die schauen doch gar nicht, wo sie die alle hinschmeissen.« Zum Glück kam mir aber nichts Wichtiges in den Sinn, was da drin war, auch wenn man sagen könnte, dass eine Unterhose nicht reicht für drei Wochen Ferien. Weil es sich ja nicht lohnte, Panik zu bekommen, nur weil man im schlimmsten Fall keinen Hygienewettbewerb gewinnen würde. Aber genau als ich zu denken anfing, dass es sogar gut sein könnte, ohne Koffer anzukommen, kam er aus dem Loch.

Die Frau von der Kollegin meiner Mutter wartete mit einem Schild auf mich, auf dem »Traktor« stand, weil ihre Frau mich immer so genannt hatte. Ich hatte das immer fies gefunden, aber jetzt fand ich, dass es gut passte, weil ich gerne den ganzen Tag auf Feldern herumfahren würde und ich locker ein paar Kilos abnehmen könnte, ohne dass es gerade lebensgefährlich würde. Sie selbst sah immer noch aus wie früher, und auch ihr Auto war noch eines, wie sie es immer gehabt hatten. Sie hatten manchmal Spaghetti für mich gemacht, wenn meine Mutter ins Kino gegangen war, und da waren wir in einem solchen Lederauto zu ihnen gefahren, wo die Fenster abgedunkelt waren und man den Motor hörte, als wäre man unter Wasser. Auch jetzt war es still und so kalt da drin, dass mir nach einer Minute das Schlucken wehtat. Die Frau sagte nicht viel, aber nicht, weil sie mich blöd fand, sondern weil sie glaub dachte, dass wir nicht die ganze Zeit reden mussten, nur weil wir uns zwanzig Jahre nicht gesehen hatten. Das Einzige, was sie sagte, war, dass ihre Frau zu Hause warten würde. »Wenn das gut für dich ist, fahren wir noch bei uns vorbei.« Dann fuhren wir durch kilometerweite Felder mit vertrockneten Büschen, bis wir zu einem Gartentor abbogen, das dreimal so hoch war wie wir. Dahinter war ein Pool, und ich hatte mir vorgestellt, dass die Kollegin meiner Mutter vor dem Haus stehen würde mit ihrem Hund. Aber den gab es nicht mehr, und vor dem Haus lag nur ein Gartenschlauch. Drin war es so dunkel wie im Auto, weil alle Läden geschlossen waren, und ich dachte, dass sie vielleicht noch an den Strand gefahren war. Ihre Frau brachte mich in ein Zimmer, und da lag sie in einem Bett, bei dem man die Höhe jedes Körperteils einzeln einstellen konnte. Sie schaute mich an mit Augen, die aussahen, als ob jemand dahinter ein Feuer gemacht hätte, und sagte: »Traktor!«

Meine Mutter hatte immer nur gesagt, sie sei krank, das sei eine schlimme Krankheit, die sie habe. Aber ausser, dass sie einmal nicht Spaghetti machen konnte, weil ihr der Rücken wehtat, hatte ich nie etwas gemerkt. Ich hatte mich immer nur gefragt, wie es war, krank zu sein, und hatte mich sogar einmal hinter sie gestellt, dass ich das Gleiche sehen konnte wie sie, weil ich dachte, dass ich es so vielleicht herausfinden würde. Und ich weiss noch, wie ich dann wieder wegschaute, weil ich doch lieber ich selbst sein wollte. Jetzt konnte sie sich fast nicht mehr bewegen, und reden war noch schwieriger für sie als zum Beispiel für mich. Und weil ihre Frau immer noch nichts sagte, sagten wir dann alle nichts. »Du bist so gross!«, sagte sie, und weil ich dachte, dass ich auch etwas sagen musste, sagte ich, ich sei jetzt vierunddreissig. Bevor es wieder still wurde, machte sie eine Bewegung, die ich nicht verstand, und ihre Frau ging in die Küche und kam mit drei Gläsern zurück. »Das hat uns so gefreut, dass du angerufen hast«, sagte sie. »Deine Mutter hat so viel für uns gemacht.« Und bevor ich fragen konnte, was, steckte sie ihrer Frau ein Röhrchen in den Mund und sagte: »Viva!« Ich sagte das Gleiche, und von der Kohlensäure kamen mir fast die Tränen.

Die Kollegin meiner Mutter sagte dann etwas, von dem ihre Frau sagte, sie würde gerne wissen, wie es mir gehe. Und weil ich es selbst nicht genau wusste, zuckte ich nur mit den Schultern. Und weil das aussah, als läge nicht sie, sondern ich gelähmt im Bett, sagte ich, dass ich mich auf die Ferien freuen würde. »Das letzte Mal war so schön da mit meiner Mutter und meiner Tante.« Und fast hätte ich noch einen Gruss von ihnen gesagt, aber zum Glück sagte ich nichts. »Das ist nicht fair!«, sagte die Kollegin meiner Mutter, als könnte sie jetzt doch wieder normal reden. »Dass deine Mutter so schnell gestorben ist, ist nicht fair.« Ich hatte mir das gar nie überlegt, weil alle einmal sterben müssen und es darum irgendwie das Fairste war, was es überhaupt gab. Aber jetzt dachte ich, dass sie gar nicht so unrecht hatte, weil meine Mutter gerade pensioniert worden war und sie kaum hatte Tschüs sagen können, bevor sie beerdigt wurde. »Für dich!«, sagte sie dann, als ob sie meine Gedanken gelesen hätte. »Für dich ist es nicht fair.« Und zuerst wusste ich nicht, was sagen, aber dann sagte ich Danke, auch wenn ich nicht sicher war, ob das das richtige Wort war. »Das habe ich noch gar nie so gesehen.« Dann sagte ihre Frau, sie erinnere sich noch gut, wie sie auf dem Balkon bei meiner Mutter gewesen seien und wie ich unten vor dem Haus gehockt und mit mir selbst geredet hätte. »Weisst du, was ich da gesagt habe?«, sagte sie zu ihrer Frau. »Ich habe gesagt, der sieht aus wie ein kleiner Buddha.« Dann schaute mich die Kollegin meiner Mutter an mit Augen, wo man froh sein musste, dass sie nicht mehr alleine aufstehen konnte. »Traktor!«, sagte sie. »Nicht Buddha!«

Es gab dann Spaghetti wie früher, ausser dass wir an ihrem Bett assen und sie nur Rotwein nahm, den ihr ihre Frau einschenkte. Ich merkte, dass ich den ganzen Tag nichts gegessen hatte, und das merkte auch die Kollegin meiner Mutter. Sie sah aus, als lache sie über mich, und ich kam mir vor wie mit fünf. Nach dem Essen sagte ich, ich hätte ein paar Mal an sie gedacht und an ihre Konzerte im Spital. Und ich weiss nicht, ob das der Champagner war, aber dann sang ich ein Lied von ihnen, ohne den Text zu kennen. Die Augen der Kollegin meiner Mutter schauten ihre Frau an, die ging raus und kam mit einer Gitarre zurück. Sie blinzelten sich an, als würden sie einzählen, dann schrummte sie los, dass ich aufpassen musste, das Glas nicht fallen zu lassen. Sie fing an zu singen, und das Gesicht der Kollegin meiner Mutter zuckte dazu wie der grösste Zirkus. Am Schluss schlürfte sie das Glas aus, dass es tönte wie Applaus, weil ihre Frau immer noch spielen konnte, als käme sie selbst aus Spanien. Leider sagte ich dann, dass ich auch angefangen hätte zu spielen, worauf mir die Frau die Gitarre gab, die übrigens fast die gleiche war wie meine kaputte daheim. Bei der Kollegin zuckten dann aber nur noch die Augenbrauen, weil ich es nicht schaffte, einen einzigen Akkord zu spielen, weil ich so nervös war. Und ich ja auch blöd schauen würde, wenn sie sagte, sie lerne Deutsch, könne aber noch kein einziges Wort.

Beim Tschüsssagen sagte ich, dass das auch nicht fair sei, was mit ihr passiere. Und sie sagte, nein, das sei auch nicht fair. Weil sie sich das natürlich schon längst überlegt hatte, weil ihre Lehrerin ihr nie hatte sagen müssen, dass sie eine umgekehrte Hirnweltmeisterin war. Im Auto sagte ihre Frau, es sei schön gewesen, dass ich sie auf die Idee gebracht hätte, ein Lied zu spielen. Dann wartete ich, was sie sonst noch sagen wollte, aber sie fuhr einfach weiter bis auf einen Hügel, von wo man das Meer sah. Es ging runter zum Dorf mit den eckigen, weissen Häusern, und von da war es nicht mehr weit bis zum Haus. Sie zeigte mir, wo die Lichtschalter waren, wo ich das Gas anschalten musste, und tat alle Fenster auf, wie meine Mutter es gemacht hatte, als wir angekommen waren. Dann sagte sie, das mache dann fünfhundert Euro pro Nacht, Freundschaftspreis. »Du kannst aber auch erst am Schluss zahlen.« Und obwohl ich mir nie überlegt hatte, wie viel das kosten würde, war ich doch überrascht. »War ein Witz«, sagte sie. »Wir kommen diesen Sommer sowieso nicht mehr. Ruf einfach an, wenn ich dich abholen soll.« Und bevor ich überhaupt Danke sagen konnte, war sie weg.

Der Blödmann und der Profipirat

Ich ging raus auf die Veranda und sah das Meer, die kleinen Wellen und den halb blauen, halb dunklen Himmel. Ich setzte mich auf den Schaukelstuhl, zündete mir eine Zigarette an und fragte mich, was ich hier machen soll. Ich legte noch eine zweite für meine Tante auf die Lehne und wäre am liebsten so lange da sitzen geblieben, bis die zwei Stangen Mary Long geraucht gewesen wären und ich wieder nach Hause hätte gehen können. Zum Glück passierte dann aber, was ich befürchtet hatte. Dass meine Tante fragte, auf was ich warten würde. »Da kommt nicht plötzlich ein Wal und nimmt dich mit.« – »Was für ein Wal?« – »Wenn du baden gehen willst, musst du ins Wasser.« Ich sagte, dass wir doch gerade erst angekommen seien, aber sie sagte: »Wenn man ankommt, geht man ins Meer. Das ist die Regel.« – »Sie hat recht«, sagte meine Mutter. »Das muss man. Das haben wir früher auch immer so gemacht.« Und fast hätte ich sie gefragt, was sie die ganze Zeit mit früher meinte, aber als ich sie sah im Bikini, tat sie mir irgendwie leid. Ich ging ins Haus, um mich umzuziehen, und dachte, dass ich mir selbst auch leidtun würde, wenn ich mich im Spiegel sähe. Weil es halt komisch ist, wenn man Badehosen von gestern anhat, während man selbst schon komplett so aussieht wie heute. Meine Mutter wartete mit geschlossenen Augen in der Sonne, weil sie wohl noch braun werden wollte, bevor wir an den Strand gingen. Meine Tante sass in Jeans im Schaukelstuhl und sah nicht gerade aus, als würde sie gleich aufstehen wollen. »Wir sind bereit!«, sagte ich. »Gut«, sagte sie und lehnte sich zurück. »Ich passe auf euch auf.« Und fast hätte ich etwas gesagt. Aber dann dachte ich, dass man wohl selbst sagen konnte, welche Regeln man einhalten wollte, wenn man tot war.

Meine Mutter schwamm sofort los und schnappte nach Luft. Ich war überrascht, dass es mir vorkam, als wäre ich gerade erst im Meer gewesen, obwohl die Strandferien damals die einzigen gewesen waren in meinem Leben und ich ja nicht die ganze Zeit baden gegangen war, sondern nur einmal pro Feierabend. Meine Mutter drehte sich auf den Rücken und lachte und schnaufte und sagte: »Komm doch!« Ich ging bei jeder Welle auf die Zehenspitzen, und sie spritzte mit den Füssen wie ein Dampfschiff und schwamm immer weiter raus. Da lag eine Insel, die eigentlich nur ein Fels war, zu der wir immer geschwommen waren und wo meine Mutter immer sagte, ich dürfe nicht weiter als bis hier. Trotzdem schwamm ich immer rundherum und kletterte von hinten rauf, und sie streckte mir die Hand aus, als ob sie so mein Leben retten würde. Gleichzeitig glaubte ich, dass sie stolz war, dass ich es wagte, ins offene Meer zu schwimmen. Jetzt sassen wir auf dem Stein, und sie lachte und schnaufte und lachte wie früher. Ich schaute zum Dorf, wo ich mir vorgestellt hatte, dass die Bars vollgestopft sein würden, aber es waren nur wenige Leute am Strand, und die Restaurants waren noch zu. Ich winkte meiner Tante, doch obwohl sie genau zu uns schaute, sah sie uns nicht. Ich sagte, dass ich bei ihrer Kollegin und ihrer Frau zu Besuch gewesen sei. Und auch wenn ich mir vorgenommen hatte zu lügen, sagte ich die Wahrheit. Meine Mutter war aber höchstens überrascht, dass sie überhaupt noch lebte. »Das kann nur eine, die ums Verrecken nicht sterben will.« Schon als sie die Diagnose bekommen habe, habe meine Mutter zu ihr gesagt, dass sie sie am Ende noch überleben werde. Dann sagte ich etwas, das vielleicht dumm war, aber dass wir es schön gehabt hätten zu dritt und ich es schade fände, dass sie nicht dabei gewesen sei. »So ist das halt«, sagte sie. Und dann passierte etwas, das nie passierte, nämlich, dass ich fast wütend geworden wäre. Auch wenn sie nichts dafür konnte, dass sie gestorben war. Aber ich sagte, dass sie sich trotzdem mehr Mühe hätte geben können. »Dass du mich am Schluss hättest pflegen müssen, wie die zwei das tun?! Nein, danke.« Aber ihre Kollegin konnte ja immer noch Gitarre hören und Champagner trinken und ihre Frau anschauen mit Augen, mit denen man auch im Winter locker hätte ein Feuer anzünden können. Dann musste ich an Teresa denken, weil ich dachte, dass sie sicher wüsste, was ich meinte. Und ich fragte mich, wie es ihr wohl ging, in den Bahamas, und ob sie schon Leute gefunden hatte, mit denen sie schreiben konnte. »Vielleicht hätte ich ja eine Weile freigenommen«, sagte ich. »Und statt auf den Friedhof wären wir am Morgen mit dem Rollstuhl raus, und ich hätte dich durchs Tal gefahren. Wir hätten beobachten können, wie es langsam Frühling würde, und Sommer, und wir hätten uns überlegt, wo wir in die Ferien gingen, wenn wir Millionäre wären. Und immer wenn du geklingelt hättest, hätte ich dir einen Kaffee an die Infusion gehängt.« – »So ein Blödmann!«, sagte sie. »Ich weiss nicht, von wem du das hast. Aber ein Blödmann warst du schon immer!« Dann sprang sie ins Wasser.

Meine Tante sagte schnell einmal, dass sie Hunger habe. Sie habe den ganzen Tag nichts gegessen. Und meine Mutter sagte, dass sie schon lange gedacht habe, dass meine Tante etwas essen sollte, statt die ganze Zeit nur Kaffee zu trinken. Ich hatte den

Bauch noch voll von den Spaghetti, zudem hatte ich keine Lust, ins Dorf zu gehen, wo wir gerade angekommen waren. »Wie, du willst nicht ins Dorf?«, fragte meine Tante. »Wo willst du denn sonst hin?« Ich sagte, dass wir auch im Haus etwas kochen könnten. Und meine Mutter sagte, wir könnten uns etwas bestellen, diese Apps gäbe es ja sicher auch hier. Aber meine Tante sagte, das komme überhaupt nicht infrage. »Wenn man im Meer war, geht man gut essen.« – »Da hast du auch wieder recht«, sagte meine Mutter. »Vom Salz werden einem wichtige Mineralien entzogen.« Ich sagte, dass ich zuerst eine rauchen möchte. Und meine Mutter sagte, dann würde sie noch schnell duschen. Und meine Tante sagte, genau das sei das Problem. Das sei schon immer das Problem gewesen mit uns. Wenn sie früher mit meiner Mutter habe weggehen wollen, habe sie noch andere Schuhe anziehen müssen, und wärmere Socken, und bis sie die gefunden habe, habe sie Kopfweh gehabt. »Wenn sie jetzt duschen geht, muss sie sich noch eincremen. Und rasieren. Und die Haare waschen wegen dem Salz.« – »Das solltest du auch«, sagte meine Mutter zu mir. »Und bis du fertig bist, tut ihr die Blase weh.« – »Die Blase tut mir weh, wenn ich jetzt mit nassem Badekleid mitkomme!« Ich sagte, dass es keinen Sinn machte, ausgerechnet in den Ferien so zu hetzen, und dass doch morgen auch noch ein Tag sei. »Was für ein

Scheiss-Spruch! Eine Zigarette, bis ihr euch umgezogen habt, sonst gehe ich alleine.«

Unterwegs dachte ich zuerst, dass wir für heute doch schon genug gemacht hatten, mit all den Camparis und Champagners und Mary Longs. Aber ich dachte, dass es besser war, nichts zu sagen, weil meine Tante die Mode hatte, bei allem immer wütender zu werden, wenn sie einmal wütend war. Und sie dann sagte, dass ich das von meinem Vater hätte, der sich auch nicht mehr bewegt hätte, wenn er in der gleichen Woche schon einkaufen gewesen sei. Meine Mutter wollte dann vorne am Strand sitzen, wo alle Leute waren, weil sie sagte, wo alle seien, sei es am besten. Aber meine Tante sagte, wenn alle so dächten, brauche es nur einen einzigen Trottel. Darum gingen wir durch das Dorf, und meine Mutter schien froh, das schöne Kleid angezogen zu haben. Sie schaute immer ein bisschen rauf zum Himmel, als wäre da etwas in der Luft. Bei einem Restaurant mit einem Minitisch vornedran hielt sie an und sagte: »Da.« Es war nicht genug Platz für drei, aber wir hatten den einzigen Tisch und darum irgendwie das ganze Restaurant für uns. Wie alle Häuser war es weiss, und es hatte eine Kletterpflanze an der Mauer, und man sah das Meer, auch wenn es in der zweiten Reihe stand. Ich war mir nicht sicher, ob das Restaurant überhaupt offen hatte, aber meine Tante setzte sich und sagte, sie nehme einen Martini. Der Kellner war dann so nett und hübsch und die zwei Martinis so süss, dass es mich zu nerven anfing, wie meine Tante und meine Mutter redeten. Sie taten, als hätten sie früher nichts anderes gemacht, als in Restaurants zu sitzen, wo es nur einen Tisch gab, dafür einen umso besseren Kellner. Sogar meine Mutter wollte plötzlich eine Zigarette, und als wäre ich ein Kind, blies sie den Rauch extra weit weg von mir. Ich war froh, als der Kellner sagte, es gäbe Tapas, alle vegan, und meine Mutter und meine Tante wieder normal wurden. »Das ist ja der oberblödste Scheissdreck«, sagte meine Tante. »Gesund ist das auch nicht«, sagte meine Mutter. Und meine Tante bestellte einen Espresso. »Oder soll ich etwa den ganzen Abend Gemüse essen?«

Neben uns ging dann eine kleine Tür auf. Wenn ich mir überlegt hätte, was das sein soll, hätte ich gedacht, dass da Rasenmäher und Rechen drin wären, obwohl es natürlich keine Rasen hatte im Dorf, wo sie den Pullover anzogen, wenn es unter dreissig Grad war. Aber der Vater meines Vaters hatte auch so eine Tür gehabt. Er hatte manchmal zu mir geschaut, wenn mein Vater zu mir hatte schauen müssen, und ihm war das egal gewesen, weil es ihm egal war, was meine Lehrerin über mich sagte, solange ich die Spucke runterschluckte, wenn ich den Mund aufmachte. Wahrscheinlich hatte er es nicht gerne, wenn alles nass wurde, weil die Werkzeuge damals noch nicht automatisch rostfrei waren. Darum durfte er nur alleine rein und gab mir die Hacken und Schaufeln raus, die wir am Nachmittag brauchten. Normalerweise hätte ich das nicht gerne gemacht, weil ich nicht gerne Sachen machte, aber weil er keinen normalen Garten hatte, sondern eine Gartenwohnung, fand ich das gut. Bis in den Wald hinein hatte er einen Gang gebaut, mit einer Treppe und einem Geländer und verschiedenen Zimmern, wo man auf Erdbänken liegen oder an Steintischen sitzen konnte, mit dem Unterschied, dass es da keine Wände gab. Es war, als hätte er, neben dem Haus, wo seine Frau wusste, wo die Sachen waren, eine Wohnung für sich, wo er im Schatten sein konnte, solange er wollte. Jetzt kamen aus der Tür zwei Leute, die aussahen wie Piraten, weil einer nur ein Auge hatte, die andere dafür doppelt so viele Muskeln. Sie stellten immer mehr Tische und Stühle raus, die so klein waren, dass höchstens ein Kindergarten da Platz gehabt hätte. Meine Tante sagte: »Jetzt geht's los.« Die Piratin kam mit einer Box raus und drehte auf, und zwar nicht, dass es gut zu den Tapas passte, sondern wie Teresa bei den Schlagzeugen im Laden ihres Vaters. Es waren auch keine Kindergartenlieder, sondern Musik, von der meine Mutter sagte, das sei Flamenco. Ich war mir nicht sicher, ob das stimmte, weil der Bass in den Ohren wehtat und die Frau mit einer Stimme sang, die klang, als würde sie in einem Ballon wohnen. Trotzdem sagte ich: »Das kannst du doch! Flamenco!« Weil sie das immer gesagt hatte. »Ach was!«, sagte meine Tante. Aber meine Mutter sagte, sie habe es schon mal gekonnt. Sie wisse auch noch, wie man die Hand raufnehmen müsse. »Und dann so den Rock halten mit der anderen.« – »Klatschen die nicht die ganze Zeit?« – »Eben«, sagte meine Mutter. »Ich kann es euch auch nicht mehr hundertprozentig sagen.«

Zum Glück kam dann der Pirat zu uns und setzte sich da hin, wo eigentlich meine Tante sass. Er stellte ein Bier auf den Tisch. »Viva!«, sagte er und schaute mich an, weil er ja nicht wissen konnte, dass sie auch da waren. Ich war noch nicht fertig mit den Tapas, aber er wartete mit der Flasche in der Luft, bis ich mit ihm anstiess. Er liess sich auf den Stuhl sinken, weil das zwar kleine, dafür umso mehr Tische gewesen waren, die er hatte aufstellen müssen. Dann fragte er, ob ich Spanisch könne, und ich sagte: »No.« Er machte mit den Fingern einen Kreis um das Essen, sagte etwas und zeigte zur Bar. Er schlug mir auf die Schulter und sagte: »Hasta luego!« Meine Tante sagte, das sei typisch. »Die wollen, dass die Leute kommen.« – »Von etwas müssen die ja auch leben«, sagte meine Mutter, weil ausser mir niemand da war. Aber da hatte meine Tante recht gehabt, dass es nur einen Trottel brauchte, der anfangen musste. Weil sich eine Minute später die ersten schon auf so einen Ministuhl hockten. Und die zweiten dann sowieso. Und man nach einer halben Stunde hätte meinen können, dass alle auf nichts anderes gewartet hätten als auf diese Bar. Wobei ich sagen musste, dass meine Mutter ebenfalls recht gehabt hatte, weil es da auch wirklich am besten war. Weil dann die Leute vom Dorf kamen, die übrigens nicht so blöd waren, auf den Stühlen zu sitzen, sondern sich vorne an den Strand stellten. Worauf die anderen dann auch merkten, dass sie aufstehen sollten, wenn sie keinen Knieschaden bekommen wollten. Wobei es bei einigen schon zu spät war. Meine Mutter und meine Tante fanden das so lustig, dass sie so lange vor sich hin heulten, bis ich aufstand, um ins Restaurant zu gehen. »Was machst du da?«, fragte meine Tante. »Zahlen«, sagte ich. »Und dann?«, fragte meine Mutter. »Gehen wir zur Bar.«

In der Bar war es dunkel, und es hatte nicht viel mehr Platz, als mein Grossvater in seinem Gartenhaus gehabt hatte. Da war ein Tresen aus Stein, und die Decke war so tief, dass ich dachte, dass sie darum nur Platz gehabt hatten für Ministühle. Der Frau mit den Muskeln und dem Piraten tropfte es von der Stirn, und darum war ich mir nicht sicher, ob er mir das Bier wirklich gebracht hatte aus Angst, dass sonst niemand käme. Die Leute drückten sich an mir vorbei, und ohne dass ich vorwärtsgekommen war, stellte er mir eine Flasche hin und zeigte über die Köpfe auf mich. Ich liess ihm hundert Euro geben, die er nicht nehmen wollte, weil ich damit eine ganze Runde hätte zahlen können. Aber weil er mir schon das erste Bier geschenkt hatte, gab ich sie ihm trotzdem. Dann lachte er so, wie nur einer es konnte, der schon viel gelacht hatte in seinem Leben. »Das ist ja unglaublich hier drin«, sagte meine Mutter. »Enger geht's ja nicht!« Und meine Tante war so bleich, dass ich dachte, wir gehen besser wieder raus.

Wir setzten uns auf die Mauer vorne am Strand, und ich zündete uns zwei Zigaretten an. Vor uns war ein Fels, auf dem ich schon einmal gehockt war. Es war an einem Abend gewesen, als ich nach dem Schreiben nicht hatte nach Hause gehen wollen, weil ich gedacht hatte, dass mir meine Mutter und meine Tante die Stimmung kaputtmachen würden. Dann hatte ich aufs Meer geschaut und das Gefühl gehabt, dass mein Gefühl immer richtig gewesen war. Meine Lehrerin hatte früher gesagt, dass es im echten Leben schwieriger sei als in der Schule. Und ich hatte ihr nie geglaubt. Und an diesem Tag war es so schön gewesen bei Sole, sie hatte sich mit der Cola zu mir gesetzt, und ich hatte ihr einen Zug von meiner Zigarette gegeben, dann war ich doppelt so schnell vorwärtsgekommen mit Schreiben, und die Spaghetti am Mittag waren zehnmal so fein gewesen. Wenn es so weiterginge, wäre ich, bevor meine Schulkollegen überhaupt mit der Lehre anfingen, schon fertig mit dem Buch. Und auch wenn ich nicht wusste, wie man daraus ein richtiges Buch machte, dachte ich, dass ich immer weiter über Luchs schreiben würde. Ich sass auf diesem Stein und konnte mir kein besseres Leben vorstellen, als an dieser Geschichte zu schreiben, bis ich so alt wäre, dass ich nicht mehr unterscheiden könnte, wer wer war.

Plötzlich stand jemand neben mir, und als ich rüberschaute, war es der Pirat. Er hatte zwei Bier dabei, und eines stellte er mir hin. Die Sonne war untergegangen, aber es lief immer noch Flamenco, und die Leute sangen mit. Vielleicht dachte er, dass er genug geschwitzt hatte für heute. Er hielt die Flasche in die Luft und wartete, bis ich anstiess. »Viva!«, sagte er und hängte den Arm um mich. »We are lucky!« Er zeigte mit der Flasche zum Strand, zum Meer und auf alles rundherum. »In this life!«, sagte er und zeigte auf mich. »Was?« – »In this life we are lucky!« Dann lachte er wieder wie ein Profi. Und weil ich nicht sicher war, was das hiess, und meine Tante einmal in Amerika gewesen war, fragte ich, was er gesagt hatte. Aber sie antwortete mir nicht. Erst als ich zweimal Hallo gesagt und der Pirat dumm geschaut hatte, dachte ich, dass das wohl ihr letztes Bier gewesen war. Auch meine Mutter sagte nichts mehr. Darum stellte ich mir vor, wie man die Musik leise machen und man sie schnarchen hören würde in ihren Sonnenbrillen. Dann musste auch ich lachen.

Una Cola por favor

Für mich war es dann nicht das letzte Bier gewesen, und wenn ich mich richtig erinnere, war es das noch lange nicht. Weil der Pirat halt immer wieder kam, weil er vielleicht dachte, dass ich mit dem Geld ein Bierabo hatte kaufen wollen, oder er nicht wollte, dass ich nach Hause ging. Und da merkte ich den Vorteil, normal in der Nacht wach zu sein, weil ich überhaupt nicht müde wurde, auch wenn es vielleicht besser gewesen wäre, wenn doch. Und ich auf dem Heimweg dachte, dass ich Sonnencreme hätte mitnehmen sollen, weil ich für jeden Schritt zwei nach links und rechts machen musste. Und ich dann Angst bekam, als ich erwachte. Es war vier Uhr nachmittags und so still im Haus, dass ich dachte, meine Tante und meine Mutter seien gegangen. Wenn es nicht immer noch geschaukelt hätte wie auf einem Fischerboot, weiss ich nicht, was ich gemacht hätte. Aber so ging ich auf die Veranda, um mal eine zu rauchen, und da dachte ich, ich sehe doppelt. Weil auf halbem Weg zum Fels meine Mutter schwamm, und daneben noch ein zweites Mal, auch wenn die es fast nicht schaffte, den Kopf oben zu halten. Dass das meine Tante war, glaubte ich erst, als sie aus dem Wasser kam und hustete, als hätte sie das halbe Meer verschluckt. Sie machte Augen, die sagten, dass sie doch gesagt habe, dass das keine gute Idee sei. Dann setzte sie sich auf die Treppe, liess sich von der Sonne trocknen und sagte: »Das war keine gute Idee.«

Ich war dann doppelt froh, dass sie immer noch da waren, weil ich mir vorgenommen hatte, sie etwas zu fragen. Ich hatte am Morgen nicht nur darum einen Sonnenbrand bekommen, weil ich so viele Seitenschritte hatte machen müssen, sondern weil genug Hirnzellen gestorben waren, dass ich die Idee gehabt hatte, bei Soles Restaurant vorbeizuschauen. Es lag auf der anderen Seite vom Dorf, und ich hatte geglaubt, dass ich da nie hingehen würde, weil ich Angst hatte, dass da ein Laden stand, wo man Schnorchel und Badetücher kaufen konnte. Aber in der Bar dachte ich dann etwas Richtiges. Dass es dumm wäre, den ganzen Weg hierher zu machen, ohne auch nur zu schauen, wie es ihr ging. Was ich dann immer noch nicht wusste, als ich vor dem Restaurant stand. Aber das *Santa Tereza* gab es noch, und sogar das Bild mit dem Sonnenuntergang war noch hinten an der Wand. Und da kam mir wieder in den Sinn, warum ich nicht hatte kommen wollen. Weil ich nicht wusste, ob ich überhaupt noch in den Ferien geblieben wäre, wenn ich nicht mehr hätte denken können, dass Sole da irgendwo Colas servierte. Aber natürlich konnte ich nicht einfach warten, bis sie die Treppe runterkam, um aufzumachen. Weil ich zwar nicht der war, der in Krawatte zeigen musste, was aus mir geworden war, ich aber auch nicht fand, dass es gut wäre, besoffen Hallo zu sagen. Leider stimmte dann aber, was ich befürchtet hatte. Dass meine Tante und meine Mutter nicht nur sagten, dass sie mitkämen, sondern sofort Tipps gaben, was für eine Frisur gut wäre und welche Hosen und wie gut es sei, dass ich sie gefragt hätte. »Gott bewahre!«, sagte meine Mutter. »Das muss man sich schon genau überlegen.« – »Obwohl man auch nicht sagen kann, dass wir uns zehnmal überlegt haben, mit wem wir ins Bett gingen«, sagte meine Tante. Und ich bereute schon, sie gefragt zu haben. Vor allem, weil sie dann so taten, als hätte ich einen Heiratsantrag vorbereitet, während ich schon mehr als zufrieden gewesen wäre, wenn es geheissen hätte, Sole sei immer noch da.

Als wir zum Restaurant kamen, war ich dann froh, dass ich mich ab ihnen nerven konnte, statt mich achten zu müssen, wie nervös ich war. Wenn meine Mutter und meine Tante nicht einfach immer weitergegangen wären, wäre ich wahrscheinlich irgendwo auf dem Strandweg versandet. Aber meine

Mutter sagte: »Hoffentlich haben die nicht wieder nur Humbuck auf der Karte.« Und meine Tante sagte, dem sage man nicht so. »Ist doch egal, wie man dem sagt. Auf jeden Fall bin ich keine Kuh.« Meine Tante hatte glaub vergessen, warum wir da waren, und sagte, dass sie sicher auch nichts bestellen werde, wenn es nichts Richtiges gäbe. Dann standen wir oben am Eingang, und alles sah aus wie früher. Da war kein einziger Gast, dafür sah man das Meer durch die offenen Wände. Neu war nur, dass am Boden überall Sachen lagen und nicht Sole dastand, sondern ein einen halben Meter grosser Knirps. Er stand in einem Rollator für Babys, zeigte in die Luft und sagte: »Dadn, dadn!«, von dem ich mir nicht sicher war, ob es etwas Gutes hiess. »Didim, dadat!«, sagte einer, den ich nicht gesehen hatte, weil er hinten im Dunkeln sass. Das Baby schaute zurück und lief mit dem Gerät los wie ich am Morgen nach der Bar. Der Vater lachte und sagte etwas auf Spanisch. Das Baby sagte: »Dadat doo!«, und der Vater stand auf und sagte, dass wir uns setzen dürften. »Zuerst will ich die Karte sehen«, sagte meine Mutter. Und meine Tante sagte, sie habe gar nicht gewusst, dass die Spanier so gut aussähen. Sie nehme sicher mal einen Espresso. »Espresso kann nie schaden.« Ich fragte, ob sie Spaghetti hätten, aber der Mann schüttelte den Kopf. »Also wieder nur Humbuck«, sagte meine Mutter. »Only seafood«, sagte er. »Pfui der Teufel!« Dann zeigte er auf eine Tafel neben der Küche, wo die Menüs draufstanden. Meine Tante sagte, sie nehme den Pulpo, und meine Mutter hielt sich die Hände vor den Mund. »Dann suchen wir halt einen anderen Ort, wenn es dir hier nicht passt!«, sagte meine Tante. Es sei ja nicht ihre Idee gewesen herzukommen. Und weil meine Mutter schon gehen wollte, sagte ich: »Und Sole?« – »Stimmt!«, sagte meine Tante. »Wo ist eigentlich deine Freundin?«

Lustigerweise war es dann, dass sie schneller wusste, wer ich war, als umgekehrt. Weil sie einen Kochschurz anhatte und das Mädchen von früher locker zweimal in ihr Platz gehabt hätte. Und ich Zeit hatte, sie anzuschauen, während sie wohl dachte, ich hätte sie gerufen, weil der Pulpo versalzen war. Oder noch nicht ganz tot. Und sie dann merkte, dass jemand da war, zu einer Zeit, wo nie jemand kam, auf einem Stuhl, wo nie jemand sass, weil man nicht aufs Meer sah, sondern auf den Sonnenuntergang, den sie gemalt hatte. Und es ja manchmal ist, dass man etwas besser weiss, je weniger man es sich überlegen kann. Und sie, als sie mich anschaute, schon so zu blinzeln anfing, weil sie es sich vielleicht doch noch überlegen wollte, bis ich sagte: »Una Cola por favor?« Dann konnte man schauen, wie ihr der Mund aufging und sie die Hände davornahm, weil ihr Gefühl richtig gewesen war. Und sie aufpassen musste, nicht zu lachen, weil man vielleicht lustig findet, was man früher gemacht hat, auch wenn es gar nicht lustig war. »Lusk!«, sagte sie und umarmte mich samt dem Stuhl. Dann sagte sie etwas auf Spanisch, und weil ich nichts verstand, sagte sie: »Sorry. I'm nervous.« – »De nada«, sagte ich. Dann kam der Mann mit der Cola, und sie sagte, das sei Jimmi, und ich sagte: »Hola!« Sie zeigte auf das Baby und sagte, das sei Mariposa, und ich fragte: »From you?« – »Claro!« – »Very good!« Aber sie verdrehte die Augen, als hätte ich etwas Falsches gesagt: »Yes! Sometimes …« Dann lachte sie, weil es wahrscheinlich schwieriger war, einen einzigen Tag zu einem Baby zu schauen als siebzehn Jahre zu einem Friedhof.

Ich bestellte einen Fisch, den ich nicht kannte, von dem Sole mir aber zeigte, wie gross er etwa war. Den Pulpo für meine Tante liess ich weg, dafür bestellte ich einen Espresso und für meine Mutter eine Suppe, von der Sole gesagt hatte, sie sei gut. Der Fisch kam dann ganz, was einerseits aussah wie direkt aus dem Meer, andererseits hiess, dass ich ihn selbst auseinandernehmen musste. Und weil wohl sogar das Baby wusste, wie das ging, kamen sie nicht auf die Idee, es mir zu zeigen. Ich war mir nicht einmal sicher, was ich mit dem Kopf machen sollte, weil es doch einen Grund geben musste, dass die Augen aussahen wie Popcorn. Als ich ihn abknackte, kam Sole aus der Küche, als hätte sie doch irgendwie gedacht, dass ich Hilfe brauchen könnte. Sie trennte alles vor mir auf, und mir war es peinlich, dass ich es nicht selbst geschafft hatte. Meine Mutter fand die Suppe dann zum Kotzen, wobei ich ihr recht geben musste, dass man hätte meinen können, dass Sole im Stress vergessen hätte, sie aufzuwärmen. Meine Tante sagte aber, dass man die nur kalt esse, was ja auch besser passte zu dem Fisch. Sie war mehr oder weniger zufrieden mit dem Pulpo, auch wenn sie sagte, er sei ein bisschen gummig. »Pulpo ist gummig!«, sagte meine Mutter. »Wenn du nichts Gummiges willst, musst du nicht Pulpo bestellen.« Und meine Tante sagte, da müsse sie ihr recht geben. »Aber anschnauzen musst du mich trotzdem nicht.« Ich sagte, dass sie gut kauen solle, weil ich gehört hätte, dass er sich im Bauch sonst wieder zusammensetze. Und das war dann etwas, das ich schon lange nicht mehr gemacht hatte. Wobei ich früher nichts anderes gemacht hatte und sie immer so wütend wurden und nicht glauben konnten, wie ich auf diese Ideen kam. Aber jetzt sagte meine Tante gar nichts mehr, weil sie sich auf das Atmen konzentrieren musste, weil das Gummi zusammen mit dem Espresso und meinem Witz machten, dass ich am Schluss fast der Einzige gewesen wäre, der gegessen gehabt hätte.

Immerhin war ich irgendwann mit allem fertig. Und Sole kam aus der Küche und fragte, ob es gut gewesen sei. Und meine Mutter sagte, also fürs Essen müsse man nicht hierherkommen. »Claro!«, sagte ich. Und sie fragte, ob ich ein Dessert wolle, was eigentlich das Lieblingsessen meiner Mutter war. Aber ich wusste nicht, ob ich noch länger dasitzen wollte, weil wir ja dann trotzdem gehen mussten und ich sowieso nur zehn Wörter Spanisch konnte. Und darum sagte ich: »La cuenta por favor.« Sie fragte, ob ich nicht noch eine Cola trinken wolle. »Gratis!« Aber irgendwie fand ich es komisch, Cola zu trinken wie früher. Und dann machte sie so eine Bewegung mit der Hand und schaute mich an, und ich sagte, ja, weil ich dachte, sie wolle die Rechnung bringen. »No writing?«, fragte sie. Und ich musste lachen, weil wir uns falsch verstanden hatten. »No, no!«, sagte ich. Und obwohl es logisch war, dass sie sich daran erinnerte, fand ich es komisch, dass sie dachte, ich würde immer noch schreiben. »Por qué no?!«, fragte sie. Und das Baby sagte: »Dooo!« Ich wusste nicht, was sagen, weil es ja sogar auf Deutsch schwierig gewesen wäre, es zu erklären. Dann sagte meine Tante: »Stimmt! Warum schreibst du eigentlich nicht mehr?« Meine Mutter machte ein Gesicht, weil sie es schon immer schade gefunden hatte, dass ich nicht mehr schrieb. »Wo du doch so gut warst!«, sagte meine Tante. Und ich sagte, dass sie das doch gar nicht wissen könne. Natürlich könne sie das! »Das hat man ja gesehen. Du konntest ja an nichts anderes mehr denken.« Und dann zu meiner Mutter: »Oder etwa nicht? Der ging noch bleicher nach Hause, als wir gekommen waren.« Dann lachte sie und hustete und lachte wieder. »Sorry!«, sagte ich zu Sole und zuckte mit den Schultern. »I don't know.« Aber sie war schon längst daran, die Rechnung aufzuschreiben. Sie legte den Zettel auf den Tisch und strich mir über den Kopf, als wäre ich selbst ein Baby. Dann fragte sie, wie lange ich noch bleiben würde, und ich machte so ein Hin und Her mit der Hand. »Okay«, sagte sie. Ich gab ihr extraviel Trinkgeld, weil ich nicht wusste, ob ich meine Tante und meine Mutter noch mal dazu würde überreden können hierherzukommen. Dann zeigte ich auf Jimmi, der das Baby hochgenommen hatte, und hielt den Daumen rauf: »Muy bien!« Er sagte ihm, dass es Tschüss sagen solle. Dann stand ich auf, und sagte, »Chao!«, wie Sole es mir gezeigt hatte. Mit dem Unterschied, dass ich da noch nicht gedacht hatte, dass das auch für immer sein könnte.

Dann stand ich auf dem Platz vor dem Restaurant, der aussieht wie ein Kreisel und bei dem ich immer durchgekommen war, wenn ich fertig geschrieben hatte. Ich hatte jeweils die erste Ausfahrt genommen zum Strand und hatte die Schuhe ausgezogen, um zu feiern, dass Feierabend war, und weil sie so verschwitzt waren vom Tag. Dann war ich über den Strand gegangen, und der warme Sand hatte immer gutgetan zwischen den Zehen. Aber jetzt fühlte es sich falsch an, die Schuhe auszuziehen, und ich ging einfach so darüber. Lustigerweise stand der Pirat wieder genau am gleichen Ort, wo wir am Morgen gestanden hatten. Er rief: »He! Hermano!« Aber ich konnte ihm nicht antworten, weil ich glaubte, dass es einfacher gewesen wäre, nach Australien zu rufen, als zu ihm an die Bar. Ich ging weiter und versank bei jedem Schritt, und je schneller ich lief, desto tiefer sank ich ein. Aber so ging ich den ganzen Weg bis zum Haus, der mir immer vorkam wie fünf Minuten, während ich jetzt dreimal die Tagesschau hätte schauen können in der Zeit. Und da wartete natürlich auch nicht meine Tante auf dem Stuhl und sagte: »Da ist ja der Herr Schriftsteller!« Sie fragte auch nicht, ob ich viel geschrieben hätte. Wir rauchten auch keine Mary Long zusammen vor der Veranda, sondern ich rauchte alleine eine auf ihrem Stuhl. Und natürlich hätte ich meine Mutter und meine Tante fragen können, was sie von Sole hielten. Und sicher hätten sie da viel zu sagen gehabt. Aber irgendwie sagte niemand etwas.

Ich wusste nicht, warum ich nicht mehr schrieb. Ich hatte immer gedacht, ich hatte wegen meinem Vater aufgehört. Und wegen meiner Lehrerin und diesem Mann, der gesagt hatte: »No chance!« Aber jetzt fragte ich mich, ob ich nicht vielleicht selbst schuld war. Ich hatte ja auch immer geglaubt, dass ich das gut machte auf dem Friedhof, und es hatte gereicht, dass meine Chefin sagte, ich verkaufte Gras, dass ich das Gegenteil dachte. Wahrscheinlich wäre es nur eine Frage der Zeit gewesen, bis jemand an meine Tür geklopft hätte, weil mein Kaktus mehr Licht brauche oder weniger Wasser, und er weg müsse, und ich in die Klinik. Weil es wohl immer Leute gibt, die sagen, man habe die Hosen verkehrt herum an oder den Kopf. Während meine Mutter immer sagte, dass es nicht noch mehr Leute brauche, die gescheiter seien als alle anderen. Und meine Tante immer meinte, bei meinem Zeugnis müsste der Name meiner Schule stehen, nicht meiner. Sogar Teresa hatte einmal gesagt, dass man kaum merke, dass ich wiederholt hätte, und dass eine in ihrer Klasse sei, die super Noten habe, aber trotzdem dümmer sei als jede Kuh. Auch die Kollegin meiner Mutter hatte ja genauso Freude an einem Traktor wie an einem normalen Auto. Und alle anderen waren ja nicht da. Das letzte Mal, als ich meinen Vater gesehen hatte, war er auf den Friedhof gekommen, weil er in der Nähe hatte tanken müssen. Ich war erschrocken, weil er pensioniert worden war und irgendwie anders aussah als sonst. Er erzählte, dass er nach Korsika gehen wolle, um da einmal quer durchzuwandern. Er sagte, dass er jetzt Zeit habe, was er überhaupt noch nie gesagt hatte, und dass er noch etwas anderes machen wolle in seinem Leben. Und das hiess doch, dass der Mann vom Verlag wahrscheinlich auch schon irgendwo am Wandern war. Und meine Lehrerin schon längst.

Ich schaute aufs Meer, und vom Licht konnte ich nicht sehen, wo das Wasser aufhörte und der Himmel anfing oder ob das, was ich sah, blau oder grau war. Ich machte die Augen zu, dann hörte ich nur noch die Wellen und wie es immer wieder Wusch machte, rundherum. Es war, wie wenn ich bei jedem Wusch nach hinten kippen würde, und irgendwann lag ich da und fragte mich, was passierte, wenn ich aufhörte, auf diese Leute zu hören in meinem Kopf. Ich dachte, dass ich morgen aufstehen, eine Zigarette rauchen und mit dem hundertsten Wusch runtergehen könnte in den warmen Sand. Ich könnte das T-Shirt ausziehen und die Hosen und ins Meer laufen wie ein kleines Kind. Ich könnte über die Wellen springen und ins Wasser stolpern, dass ich nur noch Luftblasen herumwirbeln sähe und Sand. Ich könnte mich treiben lassen oder zum Fels schwimmen, ich könnte untertauchen, dass es still würde und ich im Wasser schwebte wie eine Boje. Ich könnte mich auf den Rücken drehen und zum Himmel schauen, wo die Vögel ihre Runden machten. Ich könnte zurück über den Strand zum Dorf laufen, am Gartenhaus vorbei über die Steinplatten, über die Treppe rauf ins Restaurant, und mich da an meinen Platz setzen. Ich könnte zur Decke schauen mit dem

Ventilator und dem Dach aus Palmenblättern. Ich könnte eine Mary Long anzünden, und warten, bis Sole sich auf meinen Stuhl stützen und sagen würde, sie wolle auch einen Zug. Wir könnten das Bild vom Sonnenuntergang anschauen und den Wuschs zuhören, und wenn sie fragen würde, was ich wolle, könnte ich sagen: »Una Cola por favor.«

Für dich, Luskito!

Natürlich war es dann nicht ganz so einfach, wie ich gedacht hatte auf meinem Schaukelstuhl. Wobei es dann doch einfacher war, als man glauben könnte. Ich ging am nächsten Morgen auf die Veranda, um eine Zigarette zu rauchen, und es stürmte so fest, dass Wassertröpfchen über die Wellen flogen und ich, wenn ich übers Geländer schaute, fast nicht mehr atmen konnte. Es war niemand unterwegs, nicht einmal die, die sonst mit dem Hund unterwegs waren. Und meine Tante sagte, das sei wieder einmal typisch. Sie hatte selbst einen Hund gehabt und war immer stolz gewesen, dass sie auch im grössten Schneesturm mit ihm rausging. Als er starb, war sie dann nicht nur froh, dass sie ihn überlebt hatte, sondern auch, dass sie höchstens noch zu ihrer Beerdigung bei Regen rausmusste. Jetzt sagte sie, dass ich den Stuhl näher ans Haus rücken solle. Worauf meine Mutter sagte, der Natur tue der Regen gut. »Dann geniess doch du deinen Regen!«, sagte meine Tante. »Ich bleibe auf jeden Fall hier.« Aber meine

Mutter hatte sich schon lange gewünscht, einmal nichts anderes zu tun, als zu lesen. Und darum musste ich alleine zu Sole.

Leider war ich schon auf halber Strecke nasser als meine Tante auf hundert Spaziergängen zusammen. Dass man im Laden zwei Schirme für einen bekam, brachte mir auch nicht viel, dafür lagen da Schulhefte, von denen ich dachte, dass sie mir helfen könnten, wenn ich im Restaurant nicht wüsste, was tun. Tatsächlich machte mir Sole nicht gerade einen Heiratsantrag, als sie mich sah. Sie war wütend wegen dem Baby oder weil das halbe Restaurant nass geworden war vom Regen. Sie fragte, ob ich die Cola mit Eis haben wolle, und ich sagte: »No, gracias!« Dann lachte sie, weil es ein Witz gewesen war, und ich zitterte wie ein Hund. Sie brachte mir dann trotzdem eine Cola. Und eine Decke. Und einen Pulli von Jimmi. Dann sass ich da, während sie mit einem Lumpen den Boden wischte und ihn fluchend über dem Geländer ausquetschte. Als ich merkte, dass sie merkte, dass ich sie anschaute, war es dann wie immer. Dass es plötzlich einfach war, das Heft aufzuklappen, weil ich keine Zeit hatte, zu denken, dass ich siebzehn Jahre lang nur geschrieben hatte, um Connie schöne Weihnachten zu wünschen. Irgendwann setzte sie sich zu mir und zeigte auf das Heft, und ich bekam Angst, dass sie heimlich Deutsch gelernt hatte. Aber sie kannte die mit den Ponys drauf, weil sie die gleichen gehabt hatte, als sie noch zur Schule gegangen war. Und das freute mich so, dass ich gleich noch einmal den Fisch bestellte und eine Cola zum Dessert. Und auch wenn man an diesem Abend nicht mehr baden gehen konnte, ging ich dann wieder jeden Tag.

Meine Tante fand es lustig, dass ich immer zur genau gleichen Zeit auf die Veranda kam. Und jedes Mal sagte sie, dass wir jetzt zusammen eine rauchen würden, als hätte sie schon den ganzen Tag darauf gewartet. Dafür gingen meine Mutter und ich dann meist zu zweit essen. Wir fanden sogar ein Restaurant, das normal mit Fleisch kochte, auch wenn sie am Morgen immer sagte, dass sie nicht habe schlafen können, weil das Essen so fettig gewesen sei. Was aber auch daran liegen konnte, dass sie vor lauter Lachen das Kauen vergass, wenn wir die Leute beobachteten mit ihren Bäuchen und Glatzen und Zahnlücken. Wobei sie ja gerade etwas sagen musste. In die Bar ging ich dann aber immer alleine, auch wenn ich dann nicht die ganze Nacht blieb. Ausser an den Wochenenden, an denen der Pirat mir Bier brachte, bis am Morgen das Meer von der Sonne zu blenden anfing. Sogar Jimmi kam einmal vorbei und rief mir schon von Weitem zu. Als ich fragte, wo Sole sei, zeigte er auf seinen Bauch und grinste, was wohl hiess, dass Mariposa den Boden bald mit jemandem würde teilen müssen. Trotzdem kam Sole einmal auf einen Feierabendschwumm mit. Es war ihr peinlich, dass sie einen so grossen Bauch hatte, auch wenn meiner genauso aus dem Wasser schaute, wenn ich auf dem Rücken lag. Ich zeigte zum Geländer des Restaurants, und schwamm so flach wie möglich zum Strand, und tat, als würde ich es nicht wagen aufzustehen, wie damals, als ich keine Hose angehabt hatte. Sie machte Augen, als wäre sie von einem Krebs gezwickt worden, und wedelte mit der Hand vor dem Gesicht herum, weil sie glaubte, unterzugehen, wenn sie das Bild nicht aus dem Kopf bekäme. Dann ruderte sie los, und ich musste ihr helfen, an Land zu kommen, wo sie abwechslungsweise lachte und ihren Bauch hielt vor Schmerzen. Die Doktorin verbot ihr dann zu arbeiten, bis das Kind auf der Welt war. Wobei sie sich nur halb daran hielt und mir jeden Mittag einen Fisch brachte und sagte: »Para ti, Luskito!«

Natürlich schrieb ich Teresa dann eine Karte, auf der man das Dorf sah, und ich einen Pfeil machte, wo das *Santa Tereza* lag. Ich fragte, wie es ihr ging auf den Bahamas, und hoffte, dass sie keinen Stress hatte mit den hübschen Leuten dort. Und ich sagte Danke, auch wenn ich nicht genau sagen konnte, warum. »Aber nur wegen dir bin ich noch einmal so braun geworden, wie ich jetzt bin.« Zudem sagte ich, dass ich nicht da sein würde, wenn sie zurück wäre. Aber dass ich mich freute, noch einmal das Lied zu spielen, auch wenn ich nicht hätte üben können, weil meine Gitarre kaputtgegangen sei. »Aber das ist eine andere Geschichte.« Im Laden kaufte ich ihr dann eine CD von Julio Iglesias, weil ich dachte, dass sie mehr Freude an Sachen hatte als an einem Brief. Und weil ich sie gerne einmal so spielen gehört hätte. Zudem schrieb ich Connie, dass ich sie nicht im Stich lassen würde. Aber dass sie der Chefin nichts sagen solle, weil sie wahrscheinlich froh war, nichts von mir zu hören, nachdem sie so ein Zeug gehabt hatte mit mir. Wobei ich dann Panik bekam, als das Telefon klingelte, weil ich dachte, das sei nun die Kündigung. Zum Glück aber nur die Frau von der Kollegin dran war, die wissen wollte, ob ich noch lebte, und nachdem ich Ja gesagt und einen Gruss ausgerichtet hatte, sagte, ich könne von ihr aus auch für immer bleiben.

Und das machte dann, dass ich dachte, dass ich mich irgendwie doch wieder freute, auf den Friedhof zu gehen. Weil ich inzwischen wusste, dass Soles Platz mit Aussicht auf den Sonnenuntergang nicht sehr beliebt war, und sie im Laden noch viele von diesen Ponyheften auf Lager hatten. Zudem glaubte zu Hause ja niemand mehr, dass ich einen Grasladen auftun würde. Weil ich auch kein Feuer mehr geben würde für Joints. Weil der Friedhof nicht mir alleine gehörte. Aber am Morgen waren meine Schichten jeweils vorbei, und auf dem Heimweg schien die

Sonne manchmal so flach, dass es schwierig war zu sagen, ob das vor mir eine Katze war oder ein Luchs. Und wenn ich mir dann eine Zigarette anzündete, konnten von mir aus alle kommen. Dann hatte ich Feuer für alle, die Feuer wollten.